光华詩詞集

李光华 著

浙江摄影出版社

锦缠道　问小桃子

柳绿桃红、楝木紫香春昼，

笑声传、暖风熏酒。

游人陌上相携手。

锦瑟华年，莫把人间负。

也凝眸水烟，

碧荷千亩。

问小桃、最爱何方？

望钱塘，万般如绣。

道是西湖畔，我在之江右。

腹有诗书气自华

在我仅有的几个从事教育工作的好友中，李光华是最率真且最富才华的一位。在朋友面前，李光华话语不多，但一说话，总是金句频出、出口成章；在学生面前，他则判若两人，不仅话多，而且滔滔不绝，40分钟的课，他要与学生互动讲足38分钟，剩下2分钟还是喝水的时间。他想把自己看到、学到、悟到的知识全部传授给学生⋯⋯不仅如此，他还坚持每天一练，利用微信与学生开展半小时晨读活动，从名著经典到精品美文，从说文解字到辨事析理，可谓传授有道，学术有方，教益有成⋯⋯难怪家长、学生都喜欢他。

10年前，一纸调令，李光华从浙南人杰地灵、诗情画意的山城小县——温州泰顺，调到了自古繁华的人间天堂——省城杭州，继续他的执教生涯。弹指一挥，当年那个朝气阳刚的小伙，如今已经成为帅气沉稳的"熟男"，但唯一没变的是他身上特有的大山人对教书育人事业的挚爱和追求，对美好幸福生活的憧憬和努力。10年间，他一边教书育人，桃李满天下；一边读书写诗，成章三百篇。

腹有诗书气自华。在他的诗作中，有对亲人的思念，有对友朋的惦念；有对胜景的赞美，有对自然的珍爱；有对四季的讴歌，有对人事的参悟⋯⋯这几年，因为孩子读书，我与光华接触频繁，聊人生、谈读书，分享生活，看社会百态、帮孩子成长、议教育未来、找读书方向，棋琴书画诗酒花、柴米油盐酱醋茶⋯⋯可以说无话不聊。

读书是光华的喜好，他甚至到了痴迷的程度。我记得光华常说，一日不读书不得安寝，三日不读书便觉面目可憎。在与光华的交往中，我深有体会，成功没有捷径，读书能曲径通幽。光华自己就是一个成功的读书人，靠着读书，他成就了自己，也辉煌了学生。我从事过一段时间的出版工作，但与光华相比甚感汗颜，自愧不如。

当老师不容易，当一名好老师更不容易。需要有真才实学不说，师德师范兼具更难能可贵。这10年，李光华收获满满：好老师，是学生们对他的褒奖；好同事，是同道们对他的认可；好兄弟，是朋友们对他的肯定。从教30年纪念之时，李光华曾有诗云：浮生若梦卅年间，也借今朝半日闲。老骥心存千里志，夕阳几度绕童颜。以我对他的了解来看，他认为学生有出息比他自己成功更励志，更让人兴奋。

我们都曾经是学生。学生有成长的"烦恼"，比如作业太多、书包够重、家长期望高，可谓"压力山大"（注：希望"双减"能够缓解这一现状），但老师也有老师的"无奈"，李光华同样如此。"一周碌碌夜将垂，嗓破身疲教导谁？最喜护得花绽放，清贫岁月怎无为！"在他的《周末感怀》中，我能体察到他的疲惫无力和偶发的一点小情绪。但是，小情绪左右不了光华始终不渝的初心，即对学生的欢喜心、专注度和执着意，相反，这更加坚定了他"但为执教人憔悴，不愿此生愧人师"的为师之范、执教之道。

李光华是有心人，更是有情人。我想，能够当李光华的学生，是幸运的；能够与李光华成为无话不说的朋友，我三生有幸。安徽铜陵是我的家乡，李白、杜甫、苏轼、黄庭坚等先贤达人都曾在这里留下他们的足迹。今年国庆，我有幸与光华同游家乡并得赋诗多首，其赞美之词增添了我对家乡的自豪感，也激发了我作为身在异乡的游子对家乡的热爱，感谢光华，感恩浙江……

《李光华诗词集》即将付梓，光华嘱我为之序。光华如此厚爱难以推却。于是，诚惶诚恐中我有感而发，写下一些不成体统之言，或有词不达意之处，还请光华及众友，特别是李光华老师的"铁粉""哥儿"们见谅。

是为序。

徐继宏

目录

10

重　阳

深秋桂子香，
今日又重阳。
万岭红枫染，
他乡作故乡。

初夏逢雨
深居古越城，
夏至柳条青。
错过阳春日，
寻芳到晚亭。
也知劳燕苦，
常恐又天明。
世上怜离恨，
人间几度晴。

初夏逢雨

深居古越城，

夏至柳条青。

错过阳春日，

寻芳到晚亭。

也知劳燕苦，

常恐又天明。

世上怜离恨，

人间几度晴。

红岩瀑布

双帘万丈缠，
白练九洲寒。
虎啸惊山鸟，
明珠溅玉盘。
银河天际下，
飞瀑世间安。
望远红岩漦，
龙湫不再谈。

红岩瀑布

双帘万丈缠，

白练九洲寒。

虎啸惊山鸟，

明珠溅玉盘。

银河天际下，

飞瀑世间安。

望远红岩漦，

龙湫不再谈。

老　友

人生欲所求，
为了那年秋。
雁落钱塘岸，
凭他水自流。

秋夜
深秋夜正寒，
宿鸟影孤单。
破寺青灯冷，
残星走险滩。

秋 夜

深秋夜正寒，

宿鸟影孤单。

破寺青灯冷，

残星走险滩。

秋韵

秋风净碧空,
小径满梧桐.
雁阵南飞去,
霜林一片红.

秋 韵

秋风净碧空,
小径满梧桐。
雁阵南飞去,
霜林一片红。

西子雨降

雨注水难清，
狂风肆虐行，
白堤垂柳乱，
两岸满天平。
试问孤山在？
檐前宝玉倾，
晶瓶皆盛水，
莲子共潮生。

西子雨降

雨注水难清，
狂风肆虐行。
白堤垂柳乱，
两岸满天平。
试问孤山在？
檐前宝玉倾。
晶瓶皆盛水，
莲子共潮生。

中秋
今宵又是秋，
月色柳头羞。
丹桂香庭院，
清泉绕小楼。

中 秋

今宵又是秋，
月色柳头羞。
丹桂香庭院，
清泉绕小楼。

白　露
一弯皓月伴深秋，
雁鸟成行客难留。
只恐单衣长夜冷，
西风满院更添忧。

白　露

一弯皓月伴深秋，

雁鸟成行客难留。

只恐单衣长夜冷，

西风满院更添忧。

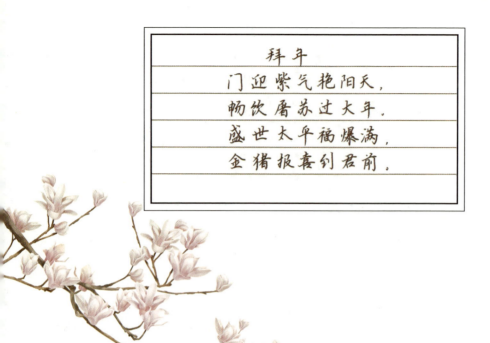

拜 年

门迎紫气艳阳天，

畅饮屠苏过大年。

盛世太平福爆满，

金猪报喜到君前。

百日菊开

秋日缘何菊盛时？
花容浓艳似期谁。
美人不解其中意，
凌乱芳心恨远离。

百日菊开

秋日缘何菊盛时？

花容浓艳似期谁。

美人不解其中意，

凌乱芳心恨远离。

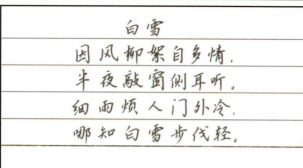

白　雪

因风柳絮自多情，
半夜敲窗侧耳听。
细雨烦人门外冷，
哪知白雪步伐轻。

别了，苗寨

依稀小妹舞翩跹，

木鼓声惊万壑烟。

醉了千杯苗寨酒，

幽泉水畔最缠绵。

病中
匆匆岁月又匆匆，
强打精神碌碌中。
但愿今生无病痛，
傲然挺立似青松。

病 中

匆匆岁月又匆匆，

强打精神碌碌中。

但愿今生无病痛，

傲然挺立似青松。

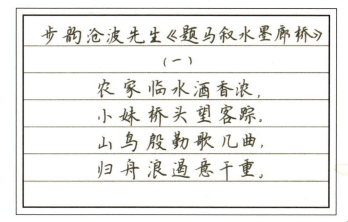

步韵沧波先生《题马叙水墨廊桥》

（一）

农家临水酒香浓，
小妹桥头望客踪，
山鸟殷勤歌几曲，
归舟浪遏意千重。

步韵沧波先生《题马叙水墨廊桥》

（一）

农家临水酒香浓，

小妹桥头望客踪。

山鸟殷勤歌几曲，

归舟浪遏意千重。

步韵沧波先生《题马叙水墨廊桥》

（二）

林深雾重步云中，
隔断尘寰满谷空。
可渡廊桥归客梦，
飞舟快棹去如风。

步韵沧波先生《题马叙水墨廊桥》

（二）

林深雾重步云中，

隔断尘寰满谷空。

可渡廊桥归客梦，

飞舟快棹去如风。

采莲曲
莲叶萦波一色开，
荷塘深处小船来。
相逢不语低头笑，
满腹心思待你猜。

采莲曲

莲叶萦波一色开，
荷塘深处小船来。
相逢不语低头笑，
满腹心思待你猜。

残荷
经冬露洗树初干，
满眼荷枯叶破残。
一夜北风兼雪雨，
谁怜水上碧圆寒。

残 荷

经冬露洗树初干，

满眼荷枯叶破残。

一夜北风兼雪雨，

谁怜水上碧圆寒。

参观杨建武大师夹纻作品

一双巧手匠心存，

素布灰泥百媚身，

若是公输今尚在，

三分逊色不如人。

参观杨建武大师夹纻作品

一双巧手匠心存，

素布灰泥百媚身。

若是公输今尚在，

三分逊色不如人。

参加卅年教龄活动

浮生若梦卅年间，

也借今朝半日闲，

老骥心存千里志，

夕阳几度绕童颜。

参加卅年教龄活动

浮生若梦卅年间，

也借今朝半日闲。

老骥心存千里志，

夕阳几度绕童颜。

朝地藏菩萨

幡旗舞动彩云飞，
日照炉烟熠紫辉。
肃肃登临洁圣地，
一生自在会三皈。

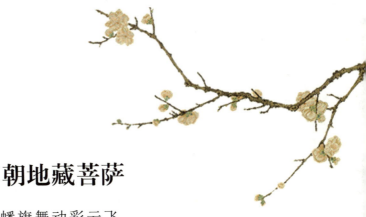

朝地藏菩萨

幡旗舞动彩云飞，
日照炉烟熠紫辉。
肃肃登临洁圣地，
一生自在会三皈。

朝九华翠峰古寺

青山伴我本心恭，

阵阵钟声古刹中。

再借佛缘三分意，

修来欲界几多空。

超山梅开

花开十里坼东风，
古韵唐梅立梦中。
我忆梅花梅忆我，
花魂一缕笑樗翁。

重温经典

莫问知音为奈何，

人生苦日本来多。

最愁独立西风里，

又是谁吟薤露歌。

初冬

南山满径冷黄花，
雨过残荷伴晚霞。
不抵西风游客少，
星辉照我可还家。

初 冬

南山满径冷黄花，
雨过残荷伴晚霞。
不抵西风游客少，
星辉照我可还家。

出 海
兰舟独立却羞花，
霓羽追风照晚霞。
踏浪凌波何处去，
伊将白沫作蒹葭。

出 海

兰舟独立却羞花，

霓羽追风照晚霞。

踏浪凌波何处去，

伊将白沫作蒹葭。

初秋夜坐
秋风秋雨夜初凉，
灯影幽幽小径长，
心念顽童违璧沼，
雁声过处更迷茫。

初秋夜坐

秋风秋雨夜初凉，

灯影幽幽小径长。

心念顽童违璧沼，

雁声过处更迷茫。

村　居

村居
修竹影映小池中，
半露西墙火柿红，
犬吠谁家来旧友？
儿童笑问老仙公。

村　居

修竹影映小池中，
半露西墙火柿红。
犬吠谁家来旧友？
儿童笑问老仙公。

春日游学
春朝陌上草萋萋，
燕舞田间觅旧泥。
满室生香谁做菜？
喧声叫醒午时鸡，

春日游学

春朝陌上草萋萋，

燕舞田间觅旧泥。

满室生香谁做菜？

喧声叫醒午时鸡。

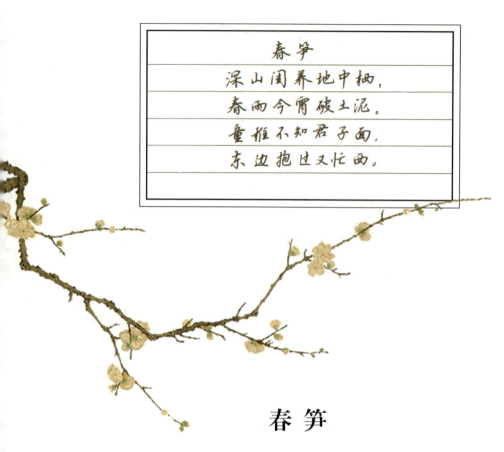

春 笋

深山闺养地中栖，
春雨今宵破土泥。
童稚不知君子面，
东边抱过又忙西。

大年初二即景
千家酒味引天星，
万户歌声颂寿宁，
小院篱前桃已醒，
孤山曲径桂常青，

大年初二即景

千家酒味引天星，

万户歌声颂寿宁。

小院篱前桃已醒，

孤山曲径桂常青。

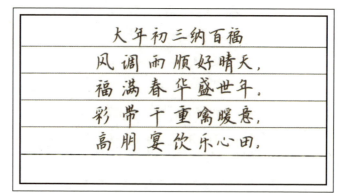

大年初三纳百福

风调雨顺好晴天，

福满春华盛世年。

彩带千重噙暖意，

高朋宴饮乐心田。

登 山
云中幽谷响晨钟，
野径清泉涧草浓。
犬吠三声鸡上树，
缘溪漫步好登峰。

登 山

云中幽谷响晨钟，

野径清泉涧草浓。

犬吠三声鸡上树，

缘溪漫步好登峰。

悼念姨父
秋风木落夜凄凉，
冷雨敲窗泪满裳。
犹记当年勤教诲，
怎堪白帐设灵堂？

悼念姨父

秋风木落夜凄凉，

冷雨敲窗泪满裳。

犹记当年勤教诲，

怎堪白帐设灵堂？

冬

孤帆近岸日西斜，
不见鸡鸣见野鸦，
万落千村灯火暗，
今宵漫漫伴黄花。

冬

孤帆近岸日西斜，

不见鸡鸣见野鸦。

万落千村灯火暗，

今宵漫漫伴黄花。

冬日登山
门前杏树染金秋，
落木飘零付水流。
暖日登高能望远，
浮云何惧少愁忧。

冬日登山

门前杏树染金秋，
落木飘零付水流。
暖日登高能望远，
浮云何惧少愁忧。

冬日西湖
风吹落叶戏池龙，
雁影荷塘苇几重，
不见鸳鸯栖北岸，
夕阳怎可御寒冬。

冬日西湖（其一）

风吹落叶戏池龙，

雁影荷塘苇几重。

不见鸳鸯栖北岸，

夕阳怎可御寒冬。

冬日西湖
苏堤十里柳丝扬，
曲院黄花过女墙。
净寺晨钟惊雁落，
平湖月影伴茶香。

冬日西湖（其二）

苏堤十里柳丝扬，

曲院黄花过女墙。

净寺晨钟惊雁落，

平湖月影伴茶香。

冬夜感怀

推窗远望月如钩，

一地残枝满目愁。

白发新添多病苦，

孤舟逆浪恨悠悠。

冬 雨

寒风凛凛裹衣单，

雾锁钱塘不见山。

煮酒三樽强作暖，

孤翁岂敢自言欢。

冬至

新阳过后不行游，
寒谷春生去百愁。
昼短更深逢节序，
芳华长驻水长流。

冬 至

新阳过后不行游，
寒谷春生去百愁。
昼短更深逢节序，
芳华长驻水长流。

端午小聚
今逢端午亦难言，
世上传闻为屈原。
我道只因相聚少，
相思泪水满泉源。

端午小聚

今逢端午亦难言，

世上传闻为屈原。

我道只因相聚少，

相思泪水满泉源。

"父亲节"忆父

花开柳绿又一年，

往事随风总挂牵，

父辈当年勤且苦，

恩深似海记心间，

"父亲节" 忆父

花开柳绿又一年，

往事随风总挂牵。

父辈当年勤且苦，

恩深似海记心间。

狗年咏狗
寻常巷陌住三邻，
犬影篱墙待客宾。
守护家园能舍命，
加身义字不嫌贫，

狗年咏狗

寻常巷陌住三邻，

犬影篱墙待客宾。

守护家园能舍命，

加身义字不嫌贫。

孤山梅

只道凌寒已自开，
谁知春暖暗香来。
红黄白绿枝头闹，
有主名媛不敢猜。

孤山梅

只道凌寒已自开，
谁知春暖暗香来。
红黄白绿枝头闹，
有主名媛不敢猜。

归途

山前古树立寒鸦，
小径幽长遍地花。
路远人饥天已暮，
炊烟袅袅是谁家。

归　途

山前古树立寒鸦，
小径幽长遍地花。
路远人饥天已暮，
炊烟袅袅是谁家。

过腊八
茫茫白雾笼寒沙，
小煮佛粥过腊八。
久卧篱前黄犬吠，
原来故友到吾家。

过腊八

茫茫白雾笼寒沙，

小煮佛粥过腊八。

久卧篱前黄犬吠，

原来故友到吾家。

杭州启正中学樱花文会感怀

樱花烂漫伴春光，
最喜园中万物芳。
文会群贤今毕至，
学高德正育材梁。

杭州启正中学樱花文会感怀

樱花烂漫伴春光，
最喜园中万物芳。
文会群贤今毕至，
学高德正育材梁。

荷

淤泥不染已为难，

还未风霜叶却残。

欲做洁身云外客，

红尘道破少忧烦。

黄果树瀑布
龙吟虎啸素衣寒，
翡翠明珠落玉盘。
康乐当初疑纩絮，
岂非巧匠手能弹。

黄果树瀑布

龙吟虎啸素衣寒，
翡翠明珠落玉盘。
康乐当初疑纩絮，
岂非巧匠手能弹。

回家
离家太久路悠长，
越近乡村越恐慌。
犬吠儿童忙问客，
一行热泪最心伤。

回 家

离家太久路悠长，

越近乡村越恐慌。

犬吠儿童忙问客，

一行热泪最心伤。

乡关路远苦离多，
琐事繁忙倍折磨。
尚有门前杨柳绿，
溪流不改旧时波。

回乡偶书（其一）

乡关路远苦离多，

琐事繁忙倍折磨。

尚有门前杨柳绿，

溪流不改旧时波。

> 回乡偶书
>
> 秋日回乡雨后凉，
> 旧时小院绿中藏。
> 门前碧水悠悠过，
> 岸上黄花淡淡香。
> 老友殷勤斟酒饮，
> 双亲凝目见儿郎。
> 佳期月满全家喜，
> 最爱人间乐且康。

回乡偶书（其二）

秋日回乡雨后凉，

旧时小院绿中藏。

门前碧水悠悠过，

岸上黄花淡淡香。

老友殷勤斟酒饮，

双亲凝目见儿郎。

佳期月满全家喜，

最爱人间乐且康。

回乡途经景宁白鹤

秋日回乡到客家，
幽篁林茂北坡斜。
村前碧水流清韵，
院后田园绕绿纱。
气爽云天翔雁影，
亲朋臻友品香茶。
谁言离别寻常事，
再见何时只叹嗟。

回乡途经景宁白鹤

秋日回乡到客家，
幽篁林茂北坡斜。
村前碧水流清韵，
院后田园绕绿纱。
气爽云天翔雁影，
亲朋臻友品香茶。
谁言离别寻常事，
再见何时只叹嗟。

见恩师——翁少平老师

天关蔽日雾千重，
十月江南已立冬，
教诲谆谆常寄梦，
吾师寿比念庵松。

见恩师——翁少平老师

天关蔽日雾千重，
十月江南已立冬。
教诲谆谆常寄梦，
吾师寿比念庵松。

江南二月早春来,
细雨催花蕊半开。
小院隔篱闻犬吠,
阶前满地染青苔。

江南春早

江南二月早春来,
细雨催花蕊半开。
小院隔篱闻犬吠,
阶前满地染青苔。

江南的冬

钱塘柏叶满江红，
远阜临窗浪几重。
酒客茅屋闻犬吠，
乌篷月晕伴清钟。

江南的冬

钱塘柏叶满江红，

远阜临窗浪几重。

酒客茅屋闻犬吠，

乌篷月晕伴清钟。

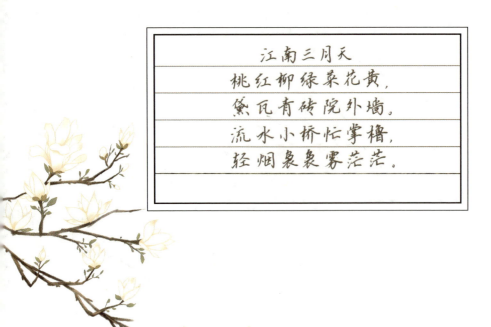

江南三月天

桃红柳绿菜花黄，

黛瓦青砖院外墙。

流水小桥忙掌橹，

轻烟袅袅雾茫茫。

今又重阳
竹篱小院见菊开，
拄杖芒鞋上北台。
弟妹如今何处在？
乡关应有雁归来。

今又重阳

竹篱小院见菊开，

拄杖芒鞋上北台。

弟妹如今何处在？

乡关应有雁归来。

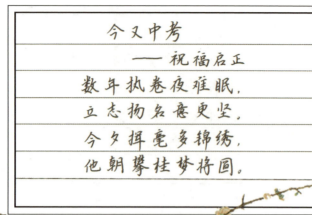

今又中考（其一）
——祝福启正

数年执卷夜难眠，

立志扬名意更坚。

今夕挥毫多锦绣，

他朝攀桂梦将圆。

今又中考
鸡鸣未寝在拼磨，
攀越书山日似梭，
剪水裁云天下晓，
笑谈往事苦情多。

今又中考（其二）

鸡鸣未寝在拼磨，

攀越书山日似梭。

剪水裁云天下晓，

笑谈往事苦情多。

径山参禅

生灵普救渡凡尘，
善教超然彼岸人。
愿浴佛光攀古道，
参禅入径到山门。

径山花海

秋阳满苑照花身,
陌上芳菲胜似春。
最爱青黄红绿紫,
怜她谢落又成尘。

径山花海

秋阳满苑照花身,

陌上芳菲胜似春。

最爱青黄红绿紫,

怜她谢落又成尘。

菊花
吾妻最爱野菊花，
便采几支送给她。
桂子香浓人易妒，
丘樊隐隐似陶家.

菊 花

吾妻最爱野菊花，

便采几支送给她。

桂子香浓人易妒，

丘樊隐隐似陶家。

冷雨夜

敲窗雨冷问王孙，

花落无言夜已昏。

难度青灯余日短，

经书半卷一乾坤

冷雨夜

敲窗雨冷问王孙，

花落无言夜已昏。

难度青灯余日短，

经书半卷一乾坤。

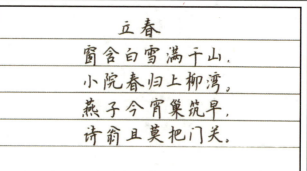

立春

窗含白雪满千山,
小院春归上柳湾。
燕子今宵巢筑早,
诗翁且莫把门关。

立 春

窗含白雪满千山,

小院春归上柳湾。

燕子今宵巢筑早,

诗翁且莫把门关。

立冬

天寒水冷共苍苍，
阵阵秋风瘦梓桑。
九月黄花将老去，
立冬日短更寒光。

立 冬

天寒水冷共苍苍，
阵阵秋风瘦梓桑。
九月黄花将老去，
立冬日短更寒光。

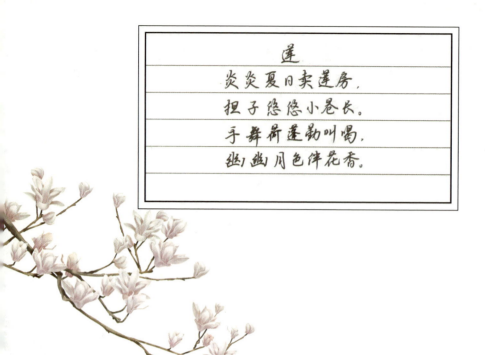

莲

炎炎夏日卖莲房，

担子悠悠小巷长。

手舞荷蓬勤叫喝，

幽幽月色伴花香。

六一童趣

如烟柳絮扣窗纱，
似火红榴赛晚霞，
少事闲来呼稚子，
竹篱院外戏莲花。

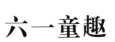

六一童趣

如烟柳絮扣窗纱，
似火红榴赛晚霞。
少事闲来呼稚子，
竹篱院外戏莲花。

猫

花阴树下小池鱼，
碧眼垂涎半日余。
一线纤腰多妩媚，
今宵饱卧坐阶除。

猫

花阴树下小池鱼，

碧眼垂涎半日余。

一线纤腰多妩媚，

今宵饱卧坐阶除。

梦回左溪

左溪百里绕山行，
柳绿花红四季情，
深夜无人飞鸟响，
梦回故土又天明，

梦回左溪

左溪百里绕山行，
柳绿花红四季情。
深夜无人飞鸟响，
梦回故土又天明。

南海南
天涯淼淼水连空，
大厦依稀巨浪中。
万里云帆归海北，
谁知月屿伴孤松。

南 海 南

天涯淼淼水连空，

大厦依稀巨浪中。

万里云帆归海北，

谁知月屿伴孤松。

七 夕

喜鹊铺桥也是哀，

别离苦绪最难猜。

葡萄架下肝肠断，

只愿来生并蒂栽。

秋

寒鸦点点惹新愁，
院柳依依枉自柔。
若教人间元悔恨，
从今莫上小红楼。

秋

寒鸦点点惹新愁，
院柳依依枉自柔。
若教人间无悔恨，
从今莫上小红楼。

秋怀

秋风冷雨使人愁.

不见乡关见渡头.

染遍群山离者泪.

何时归去问沙鸥。

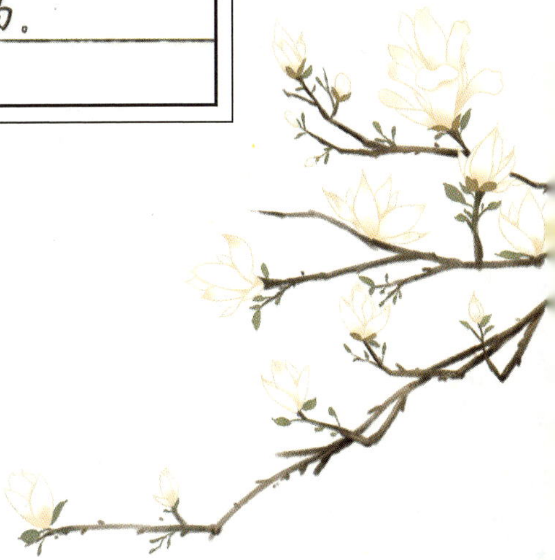

秋 怀

秋风冷雨使人愁，

不见乡关见渡头。

染遍群山离者泪，

何时归去问沙鸥。

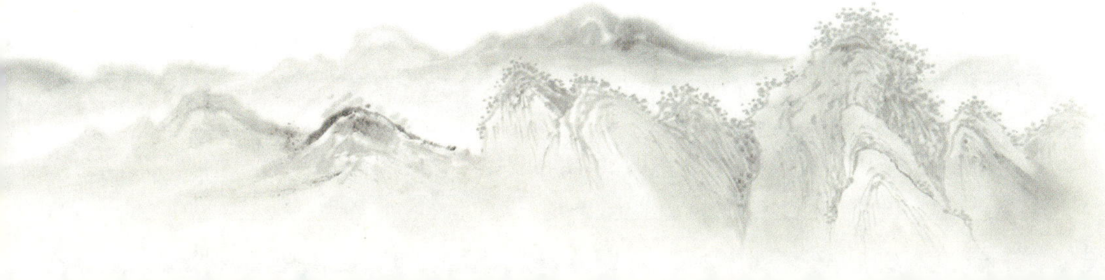

秋 日

山塘日照闪金波，
万岭千山落木多。
岂料平生多苦难，
空知世事唱骊歌。

秋日植物园
通幽曲径陡坡斜，
满院黄花是哪家？
瘦柳寒枝栖野鸟，
芙蕖片片却无花。

秋日植物园

通幽曲径陡坡斜，
满院黄花是哪家？
瘦柳寒枝栖野鸟，
芙蕖片片却无花。

秋夜有约
轻罗已薄更潇潇，
梦里关山路邈遥。
密寄花笺寒冷否？
无言尽日话渔樵。

秋夜有约

轻罗已薄更潇潇，

梦里关山路邈遥。

密寄花笺寒冷否？

无言尽日话渔樵。

山乡元日

迎新辞旧饮屠苏，

抱蕊寒梅影不孤。

难老南山人长寿，

爆竹除岁万年福。

山乡元日

迎新辞旧饮屠苏，

抱蕊寒梅影不孤。

难老南山人长寿，

爆竹除岁万年福。

赏钱以文先生人物山水

青峰竦峙锁夕岚，
两岸繁花映小潭。
此景应为吴子画，
蝴蝶栩栩向西南。

赏钱以文先生人物山水

青峰竦峙锁夕岚，
两岸繁花映小潭。
此景应为吴子画，
蝴蝶栩栩向西南。

水岸初冬

梧桐叶落倍清寥，
浦上禽飞羽乱飘。
一阵渔歌惊梦醒，
乡思几许到溪桥。

水岸初冬

梧桐叶落倍清寥，

浦上禽飞羽乱飘。

一阵渔歌惊梦醒，

乡思几许到溪桥。

水乡
安昌四水绕城斜，
流入门前过万家。
古镇江南秋不冷，
乌篷欸乃伴黄花。

水 乡

安昌四水绕城斜，
流入门前过万家。
古镇江南秋不冷，
乌篷欸乃伴黄花。

思念
高徒避疫在家门，
梦里常常见墨痕，
指日乌云终散尽，
应怜挂念苦心魂。

思 念

高徒避疫在家门，

梦里常常见墨痕。

指日乌云终散尽，

应怜挂念苦心魂。

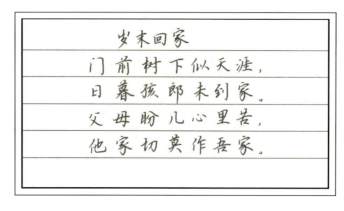

岁末回家

门前树下似天涯，

日暮孩郎未到家。

父母盼儿心里苦，

他家切莫作吾家。

岁　月

他乡作客更思乡，
月冷关山报路长。
总忆儿时欢乐事，
而今两鬓见凄凉。

叹牡丹

阶前馥郁莫凭栏，
绝色谁能比牡丹。
世上芳菲千万种，
终究艳丽久留难。

叹 牡 丹

阶前馥郁莫凭栏，

绝色谁能比牡丹。

世上芳菲千万种，

终究艳丽久留难。

体育模考

跑道人生路未知，
攀爬不止苦修持。
胸罗抱负吾先上，
此去山巅景最奇。

体育模考

跑道人生路未知，

攀爬不止苦修持。

胸罗抱负吾先上，

此去山巅景最奇。

童趣

飞絮轻烟扣素纱，
红榴似火赛云霞。
闲来少事如童稚，
院外篱前觅柳花。

童 趣

飞絮轻烟扣素纱，

红榴似火赛云霞。

闲来少事如童稚，

院外篱前觅柳花。

桐叶
梧桐叶落地金黄，
最恋曾经那段香，
纵使风流将逝去，
来年早候在枝旁。

桐　叶

梧桐叶落地金黄，

最恋曾经那段香。

纵使风流将逝去，

来年早候在枝旁。

晚 村

山前野径柏森森，

水坞桑园似杏村。

陌上儿童归唱晚，

明灯一盏照衡门，

晚 村

山前野径柏森森，

水坞桑园似杏村。

陌上儿童归唱晚，

明灯一盏照衡门。

苇花

千山万岭竞金黄，
我自滩中守寂凉。
砥砺蒹葭三世骨，
花开苇素满寒塘。

苇 花

千山万岭竞金黄，
我自滩中守寂凉。
砥砺蒹葭三世骨，
花开苇素满寒塘。

五一游西湖有感

小荷绿水柳丝新，

花谢枝头又暮春。

芍药牡丹虽美好，

桃林深处少佳人。

> 雪
> 南国大地北风寒，
> 不见渔翁把钓竿.
> 最怕扁舟孤影冷，
> 难寻雁爪印平滩.

雪（其一）

南国大地北风寒，

不见渔翁把钓竿。

最怕扁舟孤影冷，

难寻雁爪印平滩。

雪

北风卷地九天寒，
又见渔翁把钓竿。
最怕灵峰梅影冷，
一排雁爪印平滩。

雪（其二）

北风卷地九天寒，
又见渔翁把钓竿。
最怕灵峰梅影冷，
一排雁爪印平滩。

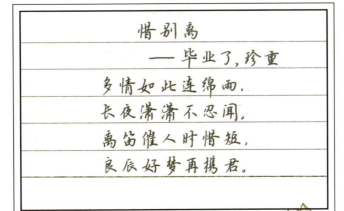

惜别离
——毕业了，珍重

多情如此连绵雨，

长夜潇潇不忍闻。

离笛催人时惜短，

良辰好梦再携君。

惜 寒 梅

钱塘雨霁柳舒容，
又见飞花入草丛。
每岁赏梅能几日，
人间天上各西东。

西湖秋雨初晴

雨霁方晴北岭空，
湖光潋滟水融融。
平生只喜三秋素，
不爱浓装一树红。

西湖秋雨初晴

雨霁方晴北岭空，

湖光潋滟水融融。

平生只喜三秋素，

不爱浓装一树红。

西湖秋韵

孤山放鹤去还留，
只为西湖那段秋。
柳浪莺啼何处觅？
雷峰塔下满池幽。

西湖秋韵

孤山放鹤去还留，
只为西湖那段秋。
柳浪莺啼何处觅？
雷峰塔下满池幽。

西湖四季

孤山暗送腊梅香，
保俶流霞映暖阳，
曲院一池荷叶碧，
城南几陌桂花黄。

西湖四季

孤山暗送腊梅香，

保俶流霞映暖阳。

曲院一池荷叶碧，

城南几陌桂花黄。

西溪棹歌

荻花似雪卷西溪，
一棹船歌到绿堤。
不假梁园题柳絮，
分金岭下自痴迷。

西溪棹歌

荻花似雪卷西溪，

一棹船歌到绿堤。

不假梁园题柳絮，

分金岭下自痴迷。

夏日野步
山行野径遍蘼芜，
崖挂飞泉撒细珠。
十里荷风香气送，
归来暮色伴黄鸪。

夏日野步

山行野径遍蘼芜，

崖挂飞泉撒细珠。

十里荷风香气送，

归来暮色伴黄鸪。

夏日游湖

穿行柳浪过长堤，

只见鸳鸯卧暖泥。

曲院池中寻菡萏，

雷峰塔下悦莺啼。

乡关银杏
一城落木土生凉，
半日轻舟白水茫。
北雁南来家万里，
乡关圣树可金黄？

乡关银杏

一城落木土生凉，
半日轻舟白水茫。
北雁南来家万里，
乡关圣树可金黄？

新教材培训
寒风带雨扣窗前，
落木无疆怎见天。
一片孤舟难渡海，
明灯领路亮心田。

新教材培训

寒风带雨扣窗前，
落木无疆怎见天。
一片孤舟难渡海，
明灯领路亮心田。

亚龙湾重游

南国一海水云天，

旧票斑黄又几年，

故地重拾昔日梦，

夕阳笑伴浪花间。

亚龙湾重游

南国一海水云天，
旧票斑黄又几年。
故地重拾昔日梦，
夕阳笑伴浪花间。

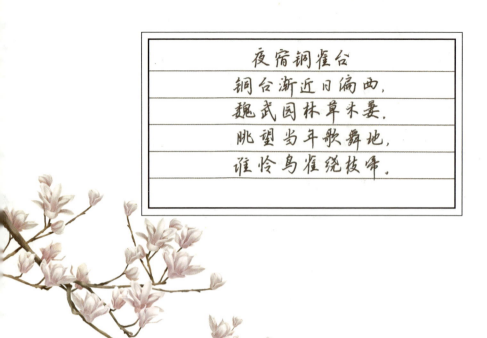

夜宿铜雀台

铜台渐近日偏西，
魏武园林草木萋。
眺望当年歌舞地，
谁怜鸟雀绕枝啼。

夜西湖
一轮满月挂中天，
绿柳无言立水间。
啼鸟成双飞远处，
西湖醉了不求仙。

夜西湖（其一）

一轮满月挂中天，

绿柳无言立水间，

啼鸟成双飞远处，

西湖醉了不求仙。

夜西湖
迷蒙暮雨又凭栏，
满径轻烟笼岭南。
两岸梧桐飞落叶，
篱前野草罩云岚。

夜西湖（其二）

迷蒙暮雨又凭栏，

满径轻烟笼岭南。

两岸梧桐飞落叶，

篱前野草罩云岚。

独行野径雾茫茫，
望断天涯路更长．
北雁一声催雨冷，
归人路上断肝肠。

夜 行

独行野径雾茫茫，
望断天涯路更长。
北雁一声催雨冷，
归人路上断肝肠。

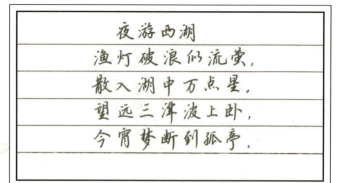

夜游西湖

渔灯破浪似流萤，

散入湖中万点星。

望远三潭波上卧，

今宵梦断到孤亭。

忆欧洲

自从欧洲离别后，
不常饮酒难吟词。
欲将心事潮头寄，
报与关山风月知。

忆欧洲

自此欧洲离别后，
不常饮酒难吟词。
欲将心事潮头寄，
报与关山风月知。

银　杏

> 门前圣树长新枝，
>
> 绿叶全凭老叶持。
>
> 待到枝头添杏果，
>
> 金黄十里赛菩提。

迎校运

勤操苦练不停蹄，
血汗晶莹更入迷。
勇揽金牌非我属，
狼烟已起动旌旗。

迎校运

勤操苦练不停蹄，

血汗晶莹更入迷。

勇揽金牌非我属，

狼烟已起动旌旗。

迎 新

迎新送旧笑声哗，
一路春风到我家。
莫道天寒梅影冷，
绿醅送暖品香茶。

咏菊
初寒露裹我登台，
谢尽千红寂寞开。
落木随风山外去，
篱边阵阵暗香来。

咏 菊（其一）

初寒露裹我登台，

谢尽千红寂寞开。

落木随风山外去，

篱边阵阵暗香来。

咏 菊（其二）

青黄绿紫间红花，

满院秋光到我家。

玉瘦愁凝篱外住，

唯香不吝透窗纱。

游拱宸桥
清寒一夜树偏红，
两岸枯枝瘦且空。
一拱石桥南北跨，
方今富庶万年丰。

游拱宸桥

清寒一夜树偏红，

两岸枯枝瘦且空。

一拱石桥南北跨，

方今富庶万年丰。

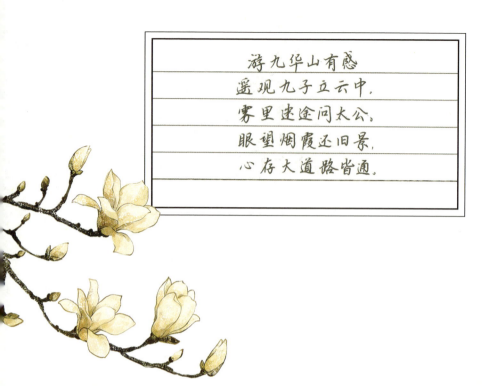

遥观九子立云中，
雾里迷途问太公。
眼望烟霞还旧景，
心存大道路皆通。

游九华山有感

遥观九子立云中，
雾里迷途问太公。
眼望烟霞还旧景，
心存大道路皆通。

游满觉陇
足登白鹤雾升腾，
小径通幽涧草生，
满陇纷纷飘细雨，
家家尽把桂糕蒸。

游满觉陇

足登白鹤雾升腾，

小径通幽涧草生。

满陇纷纷飘细雨，

家家尽把桂糕蒸。

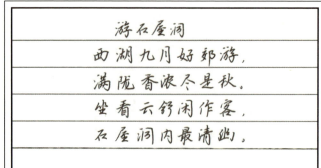

游石屋洞

西湖九月好郊游，

满陇香浓尽是秋。

坐看云舒闲作客，

石屋洞内最清幽。

又是一年别离时
风来叶落院深深，
半川一弯送故人，
渡口天涯君莫语，
可怜才聚又离分。

又是一年别离时

风来叶落院深深，
半月一弯送故人。
渡口天涯君莫语，
可怜才聚又离分。

雨过晴天

渔歌踏浪送啼莺，

雾霁山空更秀明。

野草青青湖岸阔，

凌波涌起伴舟行。

与继宏兄游铜陵天井湖
横堤岸柳万千株，
日影峰直境色殊。
荡漾微波逐小舫，
三千画卷入天湖。

与继宏兄游铜陵天井湖

横堤岸柳万千株，
日影峰直境色殊。
荡漾微波逐小舫，
三千画卷入天湖。

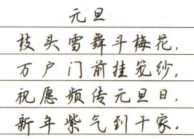

元旦

枝头雪舞斗梅花，
万户门前挂笼纱，
祝愿频传元旦日，
新年紫气到千家。

元 旦

枝头雪舞斗梅花，
万户门前挂笼纱。
祝愿频传元旦日，
新年紫气到千家。

中元夜思故亲
一场秋雨满屋凉，
昨日西风断寸肠。
滴泪中元怀古夜，
恐留长恨在他乡。

中元夜思故亲

一场秋雨满屋凉，

昨日西风断寸肠。

滴泪中元怀古夜，

恐留长恨在他乡。

中秋乡思

乡关可否日西斜，

皓月一轮照万家。

且借菊香三五缕，

七分剑气走天涯。

中秋吟

冰轮转动又一秋，

岁月无情似水流，

感念相知常记挂，

无风无雨少愁忧。

中秋吟

冰轮转动又一秋，

岁月无情似水流。

感念相知常记挂，

无风无雨少愁忧。

周末感怀

一周碌碌夜将垂，
噪破身疲教导谁？
最喜护得花绽放，
清贫岁月怎无为！

周末感怀

一周碌碌夜将垂，

噪破身疲教导谁？

最喜护得花绽放，

清贫岁月怎无为！

最爱西子湖

长堤柳影映西湖，
一阵风吹瘦叶铺。
戏水鱼群潜细浪，
渔歌短棹画中图。

最爱西子湖

长堤柳影映西湖，
一阵风吹瘦叶铺。
戏水鱼群潜细浪，
渔歌短棹画中图。

作客苍南

涛声阵阵日光融，

漫步沙滩望远松。

好客主人忙敬酒，

推杯歌畅胜陶公。

采桑子

开帘晴好融冰羽，红萼初逢，残雪庭空，一抹初阳别样红。误听啼鸟惊春梦，心事成空，只见西风，香宠闺帷听晚钟。

采桑子

开帘晴好融冰羽，

红萼初逢，

残雪庭空，

一抹初阳别样红。

误听啼鸟惊春梦，

心事成空，

只见西风，

香笼闺帷听晚钟。

李光华诗词集

131

采桑子·西宁逢大暑

三秋九夏天重热，

不见流莺，

禾粟清清，

祈盼甘霖佳木兴。

火云无奈正狂烈，

小扇风轻，

怎抵天明，

苦暑红尘最薄情。

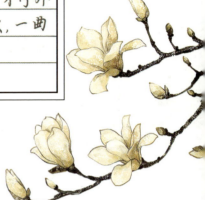

采桑子·寻老龙井
西湖西去寻龙井，过了河津，竹
坞亲亲，泉水烹茶茶色新。辨才亭外
寻梅树，湖水粼粼，古木欣欣，一曲
茶歌待客宾。

采桑子·寻老龙井

西湖西去寻龙井，

过了河津，

竹坞亲亲，

泉水烹茶茶色新。

辨才亭外寻梅树，

湖水粼粼，

古木欣欣，

一曲茶歌待客宾。

丑奴儿·无若

　蝶儿过院春归后，茅舍低垂。花影
沉时，唯有多情儿女知。梨花带雨应
含恨，长夜相思，愁笼双眉，泪洒空
枝残步移。

丑奴儿·无若

蝶儿过院春归后，

茅舍低垂。

花影沉时，

唯有多情儿女知。

梨花带雨应含恨，

长夜相思。

愁笼双眉，

泪洒空枝残步移。

点绛唇

木落萧萧，玉皇山上寒烟翠。相思
苦累，常伴斜阳醉。藤蔓缠绵，云径
枯枝碎。谁成对，蜡梅难会，又见鲛
人泪。

点绛唇（其一）

木落萧萧，

玉皇山上寒烟翠。

相思苦累，

常伴斜阳醉。

藤蔓缠绵，

云径枯枝碎。

谁成对，

蜡梅难会，

又见鲛人泪。

点绛唇

中断天门，银河决口何时老。最
难知晓，情断红岩道。双涧离分，今
世难相好。寻芳草，断崖绝了，情
爱知多少？

点绛唇（其二）

中断天门，

银河决口何时老。

最难知晓，

情断红岩道。

双涧离分，

今世难相好。

寻芳草，

断崖绝了，

情爱知多少？

点绛唇(其三)

碧瓦飞甍，

远山如黛随云去。

满垄孤苦，

瘦马西风雨。

石板跫音，

归客何方驻。

心相许，

绣楼如故，

何日君前舞。

点绛唇·芳华

一世芳华，不堪风月春将老。也曾梦好，错过谁知晓。岁月无痕，夜半闻啼鸟。常说到，恨卿多少？无处寻芳草。

点绛唇·芳华

一世芳华，

不堪风月春将老。

也曾梦好，

错过谁知晓。

岁月无痕，

夜半闻啼鸟。

常说到，

恨卿多少？

无处寻芳草。

点绛唇·古道

千里关山，

当年韵事知多少？

几声啼鸟，

梦转长亭道。

也道长亭，

地久天难老。

谁知晓，

一朝情好，

离恨长亭道。

点绛唇·观舞剧《只此青绿》
千里江山，一轮月影归朱户。几枚花絮，更是关情处。静候千年，今夜方初遇。竟不语，只当留住，偏又将离去。

点绛唇·观舞剧《只此青绿》

千里江山，

一轮月影归朱户。

几枚花絮，

更是关情处。

静候千年，

今夜方初遇。

竟不语，

只当留住，

偏又将离去。

点绛唇·痛巴黎圣母院火劫
塞纳河边，历经风雪容尤俏。凝
眸停棹，塔影魂牵绕。梦短天涯，
地陷天梯倒。君知道？怨无情恼，
天意谁能料！

点绛唇·痛巴黎圣母院火劫

塞纳河边，
历经风雪容尤俏。
凝眸停棹，
塔影魂牵绕。

梦短天涯，
地陷天梯倒。
君知道？
怨无情恼，
天意谁能料！

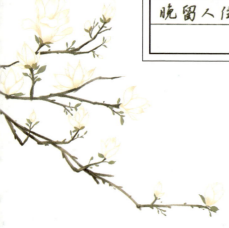

点绛唇·游湖

六月西湖，紫波菱叶荷沾露。沙洲鸥鹭，隔浦翩翩舞。十里绿云，两岸垂杨柳。花香处，小舟独竖，风晚留人住。

点绛唇·游湖

六月西湖，

萦波菱叶荷沾露。

沙洲鸥鹭，

隔浦翩翩舞。

十里绿云，

两岸垂杨树。

花香处，

小舟独竖，

风晚留人住。

捣练子

常忆起，莫匆匆，
阵阵书声迎晓风。
无奈路长人不寐，
几多魂梦到民中。

捣练子·抱佛脚

将老矣，百般空，诵诵经文浴暖风。方寸万灵皆有数，礼朝佛脚喜欢中。

捣练子·抱佛脚

将老矣，百般空，
诵诵经文浴暖风。
方寸万灵皆有数，
礼朝佛脚喜欢中。

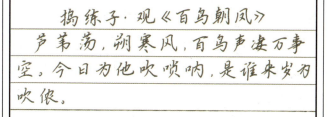

捣练子·观《百鸟朝凤》
芦苇荡，朔寒风，百鸟声凄万事空，今日为他吹唢呐，是谁来岁为吹侬。

捣练子·观《百鸟朝凤》

芦苇荡，朔寒风，

百鸟声凄万事空。

今日为他吹唢呐，

是谁来岁为吹侬。

捣练子·伤别离

西院月，小庭松，

酒醉灯明北院空。

一帐夜长难入梦，

奈何天晓各西东。

蝶恋花

云断雨疏香满道。一簇芦花，别岸烟波淼。
北雁南飞孤影小。芰荷摇落朱颜老。

隔水遥望山半抱。低矮篱墙，几处枝头俏。
莫怪行人迟未到。新妆微步归来早。

蝶恋花·答谢国平先生赠牡丹

常忆洛阳花品好。万叶红绡，香气人家绕。
意态天生谁不晓？丹青难写书家恼。

绿艳闲情人间少。色立群芳，常惹佳人笑。
邀客携觞花正俏，这般光景词难表。

蝶恋花·梅

屋后门前梅树小，红蕾初开，恰似佳人笑。枝上白梅开最少，素心雪月人称道。城外孤山湖水绕。湖上长堤，一线连芳草。夜落黄昏人渐杳，此时梅可无烦恼？

蝶恋花·梅

屋后门前梅树小，红蕾初开，恰似佳人笑。
枝上白梅开最少，素心雪月人称道。

城外孤山湖水绕，湖上长堤，一线连芳草。
夜落黄昏人渐杳，此时梅可无烦恼？

洞仙歌·黄梅雨季

黄梅时雨，梦牵千层恨，独倚栏杆泪不尽。

忆年轻娇好、几许风流，

人散后，深夜听窗风阵阵。

小楼今又雨，似诉知音，难觅花笺解忧闷。

院外躁蛙声，只剩池荷。

伤心事、和谁人问？

待明日、真情化虚有，

看这般江山、月圆花润。

风入松·重阳

秋光满院又重阳。

飞雁辞行。

登高南岭乡关问？

水茫茫、独自凄凉。

浊酒一杯难饮，菊花清瘦无香。

欲将沉醉换轻狂。

旧事难忘。

平生老眼空沧海，到如今，孤影依墙。

早熟茱萸插鬓，染霜白发堪伤。

风入松·农家元日

半杯浓酒对灯明，窗外北风停。爆声响起新春迎，换旧符，初闻啼莺。千紫万红祥瑞，膳珍筵长筹行。笙歌何处伴箫声，梅树暗香凝。开关寒冷冬终去，越明年，开定天晴。桑野耕夫闲否？荷锄谁到田町。

风入松·农家元日

半杯浓酒对灯明，窗外北风停。

爆声响起新春迎，换旧符，初闻啼莺。

千紫万红祥瑞，膳珍筵长筹行。

笙歌何处伴箫声，梅树暗香凝。

开关寒冷冬终去，越明年，开定天晴。

桑野耕夫闲否？荷锄谁到田町。

风入松·盼桂不开

桂枝带雨过西墙，不见清香，昨天
炎热花难放，只盼那、雨骤天凉。今
昼秋风猛烈，为伊吹散残阳，古琴
弦断自凄惶，久住他乡。西湖荷瘦兼
风雨，怎留下、成对鸳鸯。料想乡关正
好，桂香已满兰堂。

风入松·盼桂不开

桂枝带雨过西墙。不见清香。

昨天炎热花难放，只盼那、雨骤天凉。

今昼秋风猛烈，为伊吹散残阳。

古琴弦断自凄惶。久住他乡。

西湖荷瘦兼风雨，怎留下、成对鸳鸯。

料想乡关正好，桂香已满兰堂。

风入松·印祭西子湖

晚钟敲响绕南屏，寒气笼西泠。

一湖碧藕任风雨，满目残、孤岛危亭。

疏柳晓烟依旧，六桥云树冥冥。

西园今夜瘗花铭，杯酒慰飘零。

今宵长醉何时醒，最堪听、丝柳闻莺。

惆怅良宵圆月，为谁留照花汀。

风入松·游神仙居

涧幽峰秀桂香凝，云雾更清明。

远山似黛飞泉挂，步险梯，几处凉亭。

天将女神遥望，不该惊醒啼莺。

云舒仙岭赏碑铭，苔绿又新晴。

悬崖藏日穿迷雾，寄奇文，蝌蚪承情。

寒索双峰横渡，北风吹面凉生！

凤箫吟

断尘缘。

长明灯亮，相伴暮鼓晨钟。

点心香几瓣，诵经文百首，夜正浓。

荷塘莲子重，放生池、飞燕游蜂。

问倦旅，这般不舍，转眼成空。

成空。

金菩提树下，众生渡，苦海冰融。

叹平生罪孽，念累累古冢，满目凄风。

不堪霜两鬓，步蹒跚、只影孤鸿。

也去了，清音杳杳，竹柏葱葱。

甘草子·仙稔杨梅

长道。小桥流水，墟里轻烟袅。
五月初阳晓，仙稔杨梅好，遥望坞前净如扫，怎抵了、青山日照。如使长安玉环笑，岂荔枝非到。

甘草子·仙稔杨梅

长道。小桥流水，墟里轻烟袅。

五月初阳晓，仙稔杨梅好。

遥望坞前净如扫，怎抵了、青山日照。

如使长安玉环笑，岂荔枝非到。

感皇恩

野径远红尘，枫林正好，山涧云中问青鸟。

斜阳归去，一路樵夫残道。

人家流水绕，炊烟袅。

一带江山，这般妖娆，无限风光最难老。

满怀星月，付与时光年小。

青春当努力，别负了。

归去来·立冬

一段深秋雨，不堪那、碎红无数。
寒风冷浸添愁绪，待天明，秋已去。
始冬红叶归何处，满庭损、怎能
留住。真堪旧怨新欢苦。何时了，恨
千缕。

归去来·立冬

一段深秋雨。不堪那、碎红无数。

寒风冷浸添愁绪。待天明，秋已去。

始冬红叶归何处，满庭损、怎能留住。

真堪旧怨新欢苦。何时了、恨千缕。

归自谣·校园

秋夜月，敢把校园都照彻，银辉
满地枝披雪。桂树殷勤犹未歇，无
凤蝶，书声阵阵清香泄。

归自谣·校园

秋夜月，

敢把校园都照彻，

银辉满地枝披雪。

桂树殷勤犹未歇，

无凤蝶，

书声阵阵清香泄。

好事近·游神仙居

侧耳细听泉，仰首静观花落。

四季不无可爱，雾中藏池阁。

巨峰千仞似船帆，仙居好停泊。

般若道幽心净，自在还如昨。

贺圣朝

悠悠乌岭白云处，莫非神仙住。

溪旁幽草二分青，更一场新雨。

山中泉冷，黄莺归去，且青苔铺路。

料知来岁再逢时，野花还如故。

贺圣朝·情人节观湖上鸳鸯有感
枝头喜鹊啼不住，又一场新雨。
几分春色几分愁，切莫匆匆去。西湖
舟渡，佳人几许，且缠绵相诉。鸳
鸯成对可知情，盼相逢何处？

贺圣朝·情人节观湖上鸳鸯有感

枝头喜鹊啼不住，又一场新雨。

几分春色几分愁，切莫匆匆去。

西湖舟渡，佳人几许，且缠绵相诉。

鸳鸯成对可知情，盼相逢何处？

贺新郎·重阳

窗外听风雨，桂飘零、半壶老酒，乱红无数。

聊对重阳追前事，唯有花飞自舞。

拈破帽、天将入暑。

自负轻狂生妙笔，到如今、无望千山阻。

雁去北，愿空许。

东篱往事休重数。莫悲凉、绿杯红袖，雕弓挥舞。

幽暗寒灯听蛩语，残阕经书谁与。

又只恐、梦归烟渚。

难对黄花辜负酒，故人来、桐影如孤女？

漫细将，叹金缕。

画堂春

立冬过后日初长，南屏古刹斜阳。
净慈钟鼓伴清香，怎抵天凉。佛殿
长明灯影，木鱼声撞高墙。菩提树
下染轻霜，心慧西厢。

画堂春

立冬过后日初长，南屏古刹斜阳。
净慈钟鼓伴清香，怎抵天凉。

佛殿长明灯影，木鱼声撞高墙。
菩提树下染轻霜，心慧西厢。

画堂春·观钱以文先生《康熙出行图》

秋风萧瑟伴初阳，天高云淡旗飏。

远山难见野花香，却是戎装。

烈马奔腾威武，人喧战鼓铿锵。

康熙出猎到边疆，画意无量。

画堂春·飘香

飘零枯叶入花池，篱前小雨霏霏。
远天孤雁一声啼，吾与谁归？也念
去年执手，红梅绽放花枝。纷纷
白雪院中飞。这等狂痴？

画堂春·飘香

飘零枯叶入花池。篱前小雨霏霏。

远天孤雁一声啼。吾与谁归？

也念去年执手，红梅绽放花枝。

纷纷白雪院中飞。这等狂痴？

画堂春·松阳古村

黄泥墙老院中池。西风小雨霏霏。
菊花心重总开迟。金桂先归。云海云山
古道，古村古树斜晖。巷深灯暗卷帘
低。心事谁知？

画堂春·松阳古村

黄泥墙老院中池。西风小雨霏霏。

菊花心重总开迟。金桂先归。

云海云山古道，古村古树斜晖。

巷深灯暗卷帘低。心事谁知？

画堂春·元日

旧年滴尽迎初阳，苗条柳绿丝
长。美人斟酒酒醇香，醉了红妆。
小院庭前宝篆，祥云缭绕盘香。寒
随一夜去他乡，无限春光。

画堂春·元日

旧年滴尽迎初阳，苗条柳绿丝长。

美人斟酒酒醇香，醉了红妆。

小院庭前宝篆，祥云缭绕盘香。

寒随一夜去他乡，无限春光。

画堂春·煮茶

云深雾锁杜蘅香，鹤梳翎羽斜阳。

冷泉甘冽叶初长，梦落潇湘。

昼静幽篁小坐，萧声庭院新妆。

清茶宝篆透罗裳，再煮三江。

谒金门

深巷里，油伞丁香春水。新雨拂
风风骤起，损了青杏蕾。常记花
前相倚，今日别离心碎，喜鹊枝头
空报喜，问君何日至？

谒金门

深巷里，油伞丁香春水。

新雨拂风风骤起，损了青杏蕾。

常记花前相倚，今日别离心碎。

喜鹊枝头空报喜，问君何日至？

谒金门·大年初三沐泰顺氡泉神水
千嶂里，薄雾轻烟神水。两岸夹
溪悬壁坠，半空闻鹊喜。漫步林幽
景异，尘远空灵常记。沐浴氡泉迎紫
气，万般皆尽意。

谒金门·大年初三沐泰顺氡泉神水

千嶂里，薄雾轻烟神水。

两岸夹溪悬壁坠，半空闻鹊喜。

漫步林幽景异，尘远空灵常记。

沐浴氡泉迎紫气，万般皆尽意。

谒金门·惊蛰

东风起，吹醒老枝红蕾。蝴蝶
随春庭院里，野鸭追池水。惊蛰
昨宵将至，鹁鸟篱笆独倚。绿酒
千杯君不醉，画楼藏知己。

谒金门·惊蛰

东风起，吹醒老枝红蕾。

蝴蝶随春庭院里，野鸭追池水。

惊蛰昨宵将至，鹁鸟篱笆独倚。

绿酒千杯君不醉，画楼藏知己。

谒金门·霜降

西风起，吹瘦古槐桑梓。霜降蟹
膏红透否，把杯添绿蚁。秋老一江
碧水，丹桂飘香千里。今日送秋香
径里，倚墙挼菊蕊。

谒金门·霜降

西风起，吹瘦古槐桑梓。

霜降蟹膏红透否，把杯添绿蚁。

秋老一江碧水，丹桂飘香千里。

今日送秋香径里，倚墙挼菊蕊。

谒金门·送友人

常相忆，路远杳无消息。过客匆匆人不识。知交何处觅。更惧夜深无力。满壁斑斑书迹。付与秋风空寂寂。情重难下笔。

谒金门·送友人

常相忆，路远杳无消息。

过客匆匆人不识，知交何处觅。

更惧夜深无力，满壁斑斑书迹。

付与秋风空寂寂，情重难下笔。

谒金门·游东坡洗砚池

秋风起，吹瘦桂枝花蕊。坐看一池唐宋水，墨香飘满纸。苏子难眠独倚，山月无情斜坠，昔日砚台今已毁，但青山迤逦。

谒金门·游东坡洗砚池

秋风起，吹瘦桂枝花蕊。

坐看一池唐宋水，墨香飘满纸。

苏子难眠独倚，山月无情斜坠。

昔日砚台今已毁，但青山迤逦。

减字木兰花·饮酒

只因无恨，昼短夜长歌阵阵，
酒入柔肠，潮脸酡红满口香，
樱桃玉齿，推盏含羞难寄事，
困倚琼楼，长醉能消万古愁。

减字木兰花·饮酒

只因无恨，昼短夜长歌阵阵。
酒入柔肠，潮脸酡红满口香。

樱桃玉齿，推盏含羞难寄事。
困倚琼楼，长醉能消万古愁。

江城子·游荔波小七孔

荔波山黛绿悠长。

越龙塘，过回廊。

吐翠幽谷，叠瀑渐微茫。

响水入樟七孔秀，

舟莫去，话千行。

锦缠道·北坡秋

夜幕垂帘，北岸亮灯如昼。

凤凰山，彩林谁绣？

一湖秋水波微皱，菡萏香销，怎比黄花瘦。

泛黄笺已凉，敞衣凉透。

夜霜浓，冷风依旧。

雁阵寒，天远无痕。

道是情难惹，却要常相守。

锦缠道·秋日思君归

柿子金红，水草满渠丰茂。小池
旁、野花如绣，农家灯火明如昼。点
点繁星，月照塘边藕。夜阑兴正浓，
再寻芳酒。醉醺醺、有谁知否，巷尽
头、黄犬声狂，远客归来晚，却恐天
明走。

锦缠道·秋日思君归

柿子金红，水草满渠丰茂。

小池旁、野花如绣，农家灯火明如昼。

点点繁星，月照塘边藕。

夜阑兴正浓，再寻芳酒。

醉醺醺、有谁知否。

巷尽头、黄犬声狂，

远客归来晚，却恐天明走。

倦寻芳

这般静好，时日无尘，柳树如剪。月
到窗前，风将旧情吹遍。拟西湖晴天
好，过人菡萏舟难见。听渔歌，恐鸳
鸯对语，相思无限。忆他日、孤山脚
下，放鹤亭旁，才把她恋。见那香车，
怎隐印痕无限，冷月无声人已倦，岭旁
残塔栖孤雁。柳初浓，印清池，影深
荷浅。

倦寻芳

这般静好，时日无尘，柳树如剪。

月到窗前，风将旧情吹遍。

拟西湖晴天好，过人菡萏舟难见。

听渔歌，恐鸳鸯对语，相思无限。

忆他日、孤山脚下，放鹤亭旁，才把她恋。

见那香车，怎隐印痕无限。

冷月无声人已倦，岭旁残塔栖孤雁。

柳初浓，印清池，影深荷浅。

倦寻芳·愁苦

泪珠不尽，满腹愁思，怎到天晚。

前去茫茫，更是冷言霜箭。

风雪归途无道走，世情冷暖人心浅。

去难留，两三杯浓酒，断肠人倦。

念旧日，芦花丛里，笙管良辰，舟尾卧燕。

烂锦年华，只剩落花残片。

谁念他年情尚好，空留情语堆成怨，

恨如今，病恹恹，恐难相见。

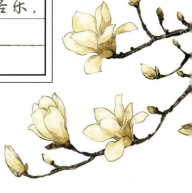

浪淘沙·登临富士山

窗外水潺潺，春意阑珊。

未消白雪透心寒。

异国他乡身作客，切莫贪欢。

登上北高山，独自凭栏。

云深路险道艰难。

莫问人间多苦乐，梦在心间。

浪淘沙令·暮春骤雨

窗外雨潺潺，心绪阑珊。

海棠最怕五更寒。

褪却胭脂无艳色，何故寻欢。

宫柳满围栏，雨打阴山。

新荷滴碎住春难。

西角小楼花渐老，四月人间。

浪淘沙令·夏感

风老雨花肥，绿染柴扉，书斋紧闭
客人稀，羽扇懒摇蝉噪树，落日余晖。
社燕背人飞，闲棹来归，水亭涧影日偏
西。波动江南归倦客，曲尽人非。

浪淘沙令·夏感

风老雨花肥，绿染柴扉。

书斋紧闭客人稀。

羽扇懒摇蝉噪树，落日余晖。

社燕背人飞，闲棹来归。

水亭涧影日偏西。

波动江南归倦客，曲尽人非。

浪淘沙令·相思
窗外雨潺潺，冬日天寒。春秋一梦
百般残。谁问鸳鸯沙上枕，何等贪
欢。白鹭过平滩，楚衣姗姗，几行
雁字万重山。敢问别离多几许，切莫
凭栏。

浪淘沙令·相思

窗外雨潺潺，冬日天寒。

春秋一梦百般残。

谁问鸳鸯沙上枕，何等贪欢。

白鹭过平滩，楚衣姗姗。

几行雁字万重山。

敢问别离多几许，切莫凭栏。

离亭宴·晴雪

雁影梅苞茅舍，鸿爪雪泥如画。

笑看琼枝银世界，粉砌湖光回射。

渺万里浓云，放眼万山高挂。

深夜醉眠情假，今晓醒来无话。

隔牖不闻身外事，管甚风流潇洒。

道是雪难留，情浅怎堪留下。

临江仙·老友相聚嘉兴

揽秀园中啸闹，湖心岛内秋浓。
千年街市月河风。淡云吹不去，落日
满江红。今夜登楼何处，推窗唯
月朦胧。三杯浓酒意重重。分离
三十载，明日又西东。

临江仙·老友相聚嘉兴

揽秀园中啸闹，湖心岛内秋浓。

千年街市月河风。

淡云吹不去，落日满江红。

今夜登楼何处，推窗唯月朦胧。

三杯浓酒意重重。

分离三十载，明日又西东。

临江仙·品蟹

左手持螯春秋品，助情更饮千觞，小楼西角漏残阳，清风送桂，螃蟹肉金黄。酒未敌腥须用醋，性防积冷添姜。嘴馋忘忌喜先尝。空余新月，无事一生忙。

临江仙·品蟹

左手持螯春秋品，助情更饮千觞。

小楼西角漏残阳，

清风送桂，螃蟹肉金黄。

酒未敌腥须用醋，性防积冷添姜。

嘴馋忘忌喜先尝。

空余新月，无事一生忙。

临江仙·庆元旦

一岁随风将逝去，新年敲响钟声。

佳时罕遇彩灯明，

欢歌笑语，锣鼓伴箫笙。

生旦净末齐上阵，渔樵闲话深情。

孩童稚子颂安平。

吉年喜事，巷陌乐不停。

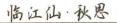

临江仙·秋思

月涌山缺人似醉，银辉洒遍西楼。

举杯一饮少烦忧。

道旁梧叶落，小径更清幽。

一半浮生如水月，何堪心事悠悠。

年年总把旧笺留。

那知一旧梦，无绪又添愁！

临江仙·秋韵

云散秋高雁去，树声满壑天红，长
堤疏柳影重重，仲秋香气远，桂子立
风中。山色一池如鉴，回头水鸟无踪。
酒醒人散月朦胧。曾经欢乐事，过眼
已成空。

临江仙·秋韵

云散秋高雁去，树声满壑天红。

长堤疏柳影重重。

仲秋香气远，桂子立风中。

山色一池如鉴，回头水鸟无踪。

酒醒人散月朦胧。

曾经欢乐事，过眼已成空。

临江仙·水云间

雨裹江蘋香更馥，水中莲子堪怜。
旧家儿女小池边。昔年偎立，君莫语，
在花前。细系小舟垂柳下，鸳鸯嬉水
涟涟。万愁残醉梦如烟。前情难再
留，脉脉水云间。

临江仙·水云间

雨裹红蘋香更馥，水中莲子堪怜。

旧家儿女小池边。

昔年偎立，君莫语，在花前。

细系小舟垂柳下，鸳鸯嬉水涟涟。

万愁残醉梦如烟。

前情难再留，脉脉水云间。

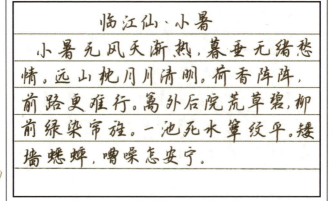

临江仙·小暑

小暑无风天渐热，暮垂无绪愁情。

远山枕月月清明。

荷香阵阵，前路更难行。

篱外后院荒草碧，柳前绿染帘旌。

一池死水簟纹平。

矮墙蟋蟀，嘈噪怎安宁。

柳梢青

一夜枝空，可怜又是，烟雨溟蒙。
桃李依稀，梨花飘雪，几点飞鸿。

一杯浊酒孤篷，我亦是、相欢梦中。
又见丁香，更催行色，唯负东风。

柳梢青·初六纪游

细浪平沙，燕泥初暖，岸柳横斜。
晨雾轻风，云开晓色，春在谁家？
行人笑落梅花，哪记得、枯荷乱
鸦。花底鸳鸯，曲终人远，一棹天涯

柳梢青·初六纪游

细浪平沙，燕泥初暖，岸柳横斜。

晨雾轻风，云开晓色，春在谁家？

行人笑落梅花，哪记得、枯荷乱鸦。

花底鸳鸯，曲终人远，一棹天涯。

柳梢青·老家

老家新院。鸡鸣犬吠，秋深花绚，
万岭千山，梯田谷粒，金黄成片。屋
前古木青青，但只是、树梢红遍。旧
景依然，却为倦客，归途茫远。

柳梢青·老家

老家新院。鸡鸣犬吠，秋深花绚。

万岭千山，梯田谷粒，金黄成片。

屋前古木青青，但只是、树梢红遍。

旧景依然，却为倦客，归途茫远。

柳梢青·梅花落

细雨蒙蒙，一江愁绪，半卷残红。

辗转离殇，花开花谢，客倚孤篷。

香消粉落枝空，酒醒处、传来晚钟。

回棹归欤，终须归去，不怨东风！

柳梢青·秋游

秋光重见，桂枝含蕾，野花开遍。
学子结群，呼朋唤友，穿梭如燕。
西湖颢气潜生，但不比、乍凉庭院。
放旷云亭，年华正茂，几多留恋。

柳梢青·秋游

秋光重见，桂枝含蕾，野花开遍。
学子结群，呼朋唤友，穿梭如燕。

西湖颢气潜生，但不比、乍凉庭院。
放旷云亭，年华正茂，几多留恋。

柳梢青·赛江南

寻她千遍，蒙蒙烟雨，江南曾见。
西域高原，冰寒大地，怎能相恋。

一条雅鲁清江，只道是、多情牵线。
积雪河边，清山秀水，桃花人面。

柳梢青·夏至

烟笼平沙，越王故地，片月西斜。同
上兰舟，清波门外，一棹天涯。昨宵
雨打梨花。这次第、残枝乱鸦，何处
寻春，杜鹃啼血，魂断谁家？

柳梢青·夏至

烟笼平沙，越王故地，片月西斜。

同上兰舟，清波门外，一棹天涯。

昨宵雨打梨花，这次第、残枝乱鸦。

何处寻春，杜鹃啼血，魂断谁家？

满江红·痛故园中秋大劫
纵目家园，天初肃、寒烟伊始。思
旧日，夕阳征棹，马车朝市。只见那、
画桥多趣意，庆丰年，演绎平生事。
古树下，相送过桥东，离人泪。星辰
落，千般是。秋雨注，山河弃。更兼
恶魔狂，扯裂天地，树已毁、寒蝉
鸣叫脆，海一片，路远难牵系。只落
她、流泪独悲苦，无心祭。

满江红·痛故园中秋大劫

纵目家园，天初肃、寒烟伊始。

思旧日，夕阳征棹，马车朝市。

只见那、画桥多趣意，庆丰年，演绎平生事。

古树下，相送过桥东，离人泪。

星辰落，千般是。秋雨注，山河弃。

更兼恶魔狂，扯裂天地。

树已毁、寒蝉鸣叫脆。海一片，路远难牵系。

只落她、流泪独悲苦，无心祭。

满庭芳·立秋

残暑终消，平分昼夜，嗷鸿飞过天晴。

乡间农舍，梨柿胜红英。

一树石榴乍熟，桂满垄、寒水潮平。

秋风里、蛰虫觅户，稚子放风筝。

独行，思旧事；枫林踏遍，枯水长汀。

看百果枝头，雏菊迎庭。

陌上棉花吐絮，烟叶重、麻雀声清。

凭栏处，疏烟淡柳，秋意满新城。

满庭芳·芦花

霜染平沙，满江寒色，一湖无浪风平。泊船斜岸，堤上野禽惊。何处渔歌渐起，出深浦、随月人行。西风静，樽盈醁酒，任雪雨天晴。孤星，更照我，疏篱曲径，孤影长亭。问素荷枯叶，谁倚银屏。归夜灯前细看，蓦然地、好梦凋零。谁知晓，芦花白穗，含泪守长汀。

满庭芳·芦花

霜染平沙，满江寒色，一湖无浪风平。

泊船斜岸，堤上野禽惊。

何处渔歌渐起，出深浦、随月人行，

西风静，樽盈醁酒，任雪雨天晴。

孤星，更照我，疏篱曲径，孤影长亭。

问素荷枯叶，谁倚银屏。

归夜灯前细看，蓦然地、好梦凋零。

谁知晓，芦花白穗，含泪守长汀。

南歌子·冬日

十月江南好，斜阳照柳梳。

无霜冬日北风徐，老树叶红似血盖如庐。

池畔鸳鸯卧，西园野鸟居。

佳人妆艳去村墟，归晚天寒能饮一杯无。

南歌子·冬日

十月江南好，斜阳照柳梳。

无霜冬日北风徐，老树叶红似血盖如庐。

池畔鸳鸯卧，西园野鸟居。

佳人妆艳去村墟，归晚天寒能饮一杯无。

南歌子·韩美林《母爱》

凤髻盘头上，清风入我庐。稚
童怀内爱深扶，何惧外窗风雨
有时无。明月枝头挂，摇篮曲
调舒。孩儿入梦笑如初，敢问
恩情两字怎生书？

南歌子·韩美林《母爱》

凤髻盘头上，清风入我庐。

稚童怀内爱深扶，何惧外窗风雨有时无。

明月枝头挂，摇篮曲调舒。

孩儿入梦笑如初，敢问恩情两字怎生书？

南歌子·骊歌

古道长亭外，骊歌响礼堂。情深难
舍绕回廊，学友明朝归去、雁南翔。
浊酒余欢尽，诗书伴曲殇。今宵一散
聚他乡，唯有依稀背影、断人肠。

南歌子·骊歌

古道长亭外，骊歌响礼堂。

情深难舍绕回廊，学友明朝归去、雁南翔。

浊酒余欢尽，诗书伴曲殇。

今宵一散聚他乡，唯有依稀背影、断人肠。

南歌子·灵峰探梅

洗钵池边树，唐梅素影梳。新花老
干笑相扶，莫道旧时寺败众僧无。今
日寻梅去，零星四五株。犹怜庾岭
老三夫，旧曲虽凄独爱亦如初。

南歌子·灵峰探梅

洗钵池边树，唐梅素影梳。

新花老干笑相扶，莫道旧时寺败众僧无。

今日寻梅去，零星四五株。

犹怜庾岭老三夫，旧曲虽凄独爱亦如初。

南歌子·女子

柳腰招人妒，云堆不用梳，手提
花盏梦如初。轻蹙眉尖残酒已消
无。陌上花开早，东风老树枯。奈
何独倚一飞鸪。缱绻红笺惆怅怎
生书？

南歌子·女子

柳腰招人妒，云堆不用梳。

手提花盏梦如初，轻蹙眉尖残酒已消无。

陌上花开早，东风老树枯。

奈何独倚一飞鸪，缱绻红笺惆怅怎生书？

南歌子·山泽野趣

稻谷黄金色，山楂挂满墟。晨兴
陌上赶牛驴，一路劳歌樵曲近时无。
野外无人事，荒芜亦似初。山林野
趣笑相扶，寒露沾衣小径步行徐。

南歌子·山泽野趣

稻谷黄金色，山楂挂满墟。

晨兴陌上赶牛驴，一路劳歌樵曲近时无。

野外无人事，荒芜亦似初。

山林野趣笑相扶，寒露沾衣小径步行徐。

南歌子·喜得小孙女

盛夏池满荷，无风绿柳舒，月圆
六月爱相扶，玉凤飞临天赐到吾
居。花好生香梦，天伦怎用书，清
音雏凤胜当初，他日蓝天展翅有
功夫。

南歌子·喜得小孙女

盛夏池满荷，无风绿柳舒。

月圆六月爱相扶，玉凤飞临天赐到吾居。

花好生香梦，天伦怎用书。

清音雏凤胜当初，他日蓝天展翅有功夫。

南歌子·相思

小院篱笆动，廊前绿柳疏，去年花
底影相扶，今夜金樽空对月如初，青
鬓松松挽，衣襟带泪珠。雨敲窗户
五更孤，独抱寒灯思念怎生书？

南歌子·相思

小院篱笆动，廊前绿柳疏。

去年花底影相扶，今夜金樽空对月如初。

青鬓松松挽，衣襟带泪珠。

雨敲窗户五更孤，独抱寒灯思念怎生书？

南歌子·元旦游园有感
唱罢金鸡去，迎来玉犬年。迎来送往笑谈间，无雨无风平淡胜神仙。闲可吟辞句，忙时在砚田。偷空也可作词篇，何必良辰美景艳阳天！

南歌子·元旦游园有感

唱罢金鸡去，迎来玉犬年。

迎来送往笑谈间，无雨无风平淡胜神仙。

闲可吟辞句，忙时在砚田。

偷空也可作词篇，何必良辰美景艳阳天！

南歌子·中秋怀人

梦里关山月，鸡声马影疏。

一声长叹笑相扶，侯馆夜凉吊月正如初。

今夜黄花瘦，愁肠泪已无。

何由醉酒误工夫，如练月华千里好传书。

南乡子·秋意

血叶伴残阳，枯草迎风满室凉，
轻掩小窗灯影淡，茫茫，空帐清晖
泪两行，门外柳轻扬，乱绪含秋
卧绣床，旧日锦笺犹在目，愁肠，
北雁难归负寸光。

南乡子·秋意

血叶伴残阳，枯草迎风满室凉。

轻掩小窗灯影淡。

茫茫，空帐清晖泪两行。

门外柳轻扬，乱绪含秋卧绣床。

旧日锦笺犹在目，愁肠，北雁难归负寸光。

李光华诗词集

南乡子·送友人

渡口小船横，春日分离在柳城。

回望远天生雨幕，卿卿，催客乘舟快快行。

云过晚风轻，独绕回廊走不成。

折柳曲声传院外，停停，道是天晴泪不晴。

满江红·桐江枇杷熟

田舍柴门，篱笆短、一墙村落，竹阴处，几声犬吠，池边萧索。雨后青梅全熟透，门前新树枝犹弱。又怎知，满眼挂黄金，梢头泊。桐江北，烟漠漠，波汹涌，南山削。笑子陵垂钓，管他何乐。只恨英雄无好手，春风一浪凭鱼跃。但只将、好梦在江南，难相约。

满江红·桐江枇杷熟

田舍柴门，篱笆短、一墙村落。

竹阴处、几声犬吠，池边萧索。

雨后青梅全熟透，门前新树枝犹弱。

又怎知、满眼挂黄金，梢头泊。

桐江北，烟漠漠，波汹涌，南山削。

笑子陵垂钓，管他何乐。

只恨英雄无好手，春风一浪凭鱼跃。

但只将、好梦在江南，难相约。

蓦山溪·品秋

桐阴浓雾，雨紧残疏柳。惨黛重千
斤，酒已满、灯花胜似豆。夜凉衣薄，谁
可抵风寒；秋菊瘦，袖盈香，正是愁
时候。三杯两盏，只恐他醒后。画角唤
人归，许多情、同谁顾首。人生一梦，
万里断寒云，人已去，昼如灯，泪洒君
知否？

蓦山溪·品秋

桐阴浓雾，雨紧残疏柳。

惨黛重千斤，酒已满、灯花胜似豆。

夜凉衣薄，谁可抵风寒；

秋菊瘦，袖盈香，正是愁时候。

三杯两盏，只恐他醒后。

画角唤人归，许多情、同谁顾首。

人生一梦，万里断寒云，

人已去，昼如灯，泪洒君知否？

陌上花·忆菊

西风扫尽，疏篱新雨、柳边山馆。

旧日繁华，也趁落红离散。

展笺密密书心事，不料泪流肠断。

易安曾试问，人堪花瘦，这般浑懒。

一年秋最苦，香消何处，遍地花魂相伴。

又恐霜严，枝瘦怎熬天晚。

难言聚散黄花日，却见云端孤雁。

又重阳，纵有千杯浓酒，夜深谁暖。

念奴娇·百字令·赋石榴花开
垂杨影里，满地香冉冉，飞红千
户。只道花残春已尽，黄杏青梅
谁娶。暮雨潇潇，子规啼晚，也
怨春来误。石榴无语，绽开不藉
春渡。因念不见经年，石榴树下，
执手情难诉。曾记题红传密意，
宝墨花笺流露。无奈这般，山高
水远，未把终身付。不堪回首，夜
深难觅归路。

念奴娇 · 百字令 · 赋石榴花开

垂杨影里，满地香冉冉，飞红千户。

只道花残春已尽，黄杏青梅谁娶。

暮雨潇潇，子规啼晚，也怨春来误。

石榴无语，绽开不藉春渡。

因念不见经年，石榴树下，执手情难诉。

曾记题红传密意，宝墨花笺流露。

无奈这般，山高水远，未把终身付。

不堪回首，夜深难觅归路。

破阵子·端午

又是一年端午，庭前绿柳红榴。两
岸空明湖水澈，陌上花黄青鸟啾。孩
童艾作牛。共骇神龙竞渡，原为梓
木兰舟。战鼓嘈嘈惊五岳，旌带飘
飘挡碧流，问谁主上游？

破阵子·端午

又是一年端午，庭前绿柳红榴。

两岸空明湖水澈，陌上花黄青鸟啾。

孩童艾作牛。

共骇神龙竞渡，原为梓木兰舟。

战鼓嘈嘈惊五岳，旌带飘飘挡碧流，

问谁主上游？

破阵子·问天

一盏孤灯幽暗，田家炉火生烟。枯
树寒鸦啼夜暮，离别寻常相聚难。古
筝已少弦。烛灭天明泪尽，天空明
月难圆，几许凄凉秋日里，无限相思
云外传。深情可问天。

破阵子·问天

一盏孤灯幽暗，田家炉火生烟。

枯树寒鸦啼夜暮，离别寻常相聚难。

古筝已少弦。

烛灭天明泪尽，天空明月难圆。

几许凄凉秋日里，无限相思云外传。

深情可问天。

卜算子

青杏叶泛黄，梅树枝含恨。

血色残阳照古城，枯柳常悲愤。

愁满富春江，只怪秋将尽。

寂寞英雄泪满襟，冷剑无人问。

卜算子·秋夜

老屋瓦青红，小院人初静。

明月弯弯挂树梢，池水皆秋影。

犬吠夜已深，风骤惊人醒。

落木无边愁更多，又恐他乡冷。

卜算子·雪天感怀

白雪舞千山，远树冥迷静。似絮随
风过粉墙，应伴梅孤影。去岁在江南，
酒过人初醒，瑞雪难邀梅早开，寂寞
残阳冷。

卜算子·雪天感怀

白雪舞千山，远树冥迷静。

似絮随风过粉墙，应伴梅孤影。

去岁在江南，酒过人初醒。

瑞雪难邀梅早开，寂寞残阳冷。

千秋岁·独夜难眠

长天风起，吹卷珠帘袂。残叶舞，
花香细，无心邀冷月，惟夜深难睡。
思绪乱，满腔幽恨添今岁。几度春
秋里，乐事青山醉。常忆起，情堆砌，
总频频顾盼，密意那堪寄，多少事，
恰如东去香江水。

千秋岁·独夜难眠

长天风起，吹卷珠帘袂。

残叶舞，花香细，

无心邀冷月，惟夜深难睡。

思绪乱，满腔幽恨添今岁。

几度春秋里，乐事青山醉。

常忆起，情堆砌，

总频频顾盼，密意那堪寄。

多少事，恰如东去香江水。

青玉案·银杏

春来墙外飘飞絮，古杏树、梅
时雨。清夜子规啼几度？江南鸭
脚，绿亲朱户，且送芳尘去。都云
平仲高枝住，秋日生书断肠句。满
地翻黄愁几许？江湖一世，难寻归
路，零落君知否？

青玉案·银杏

春来墙外飘飞絮，古杏树、梅时雨。

清夜子规啼几度？

江南鸭脚，绿亲朱户，且送芳尘去。

都云平仲高枝住，秋日生书断肠句。

满地翻黄愁几许？

江湖一世，难寻归路，零落君知否？

沁园春·时霎清明

时霎清明，孤雁归来，往事如尘。
念几多惆怅，青山依旧，累累枯冢，
风雨愁人。绿柳轻烟，桃红似火，陌
上花开见杏村。暮春到，叹难辞浊
酒，鬓染霜新。朝轻烟暮正频，怎
堪负、雷霆惊此身。喜见归来燕，
青旗高挂？故交同醉，杯盏频频。
一缕新寒，笙歌未散，无客春时
不念春，吾何恨，有书香作伴，明
月为邻。

沁园春·时霎清明

时霎清明，孤雁归来，往事如尘。

念几多惆怅，青山依旧，累累枯冢，风雨愁人。

绿柳轻烟，桃红似火，陌上花开见杏村。

暮春到，叹难辞浊酒，鬓染霜新。

朝轻烟暮正频，怎堪负、雷霆惊此身。

喜见归来燕，青旗高挂？

故交同醉，杯盏频频。

一缕新寒，笙歌未散，无客春时不念春。

吾何恨，有书香作伴，明月为邻。

沁园春·乌岩岭杜鹃

杜宇声凄，陌上清寒，五月落红望白云深处，茅檐人静，清晖明月，云伴孤松。问道山泉，涧边幽草，任自随波各向东。谁料到，正麦收蚕老，谢豹当红。

只应行到千峰。放眼处、山山岭岭重。叹来时路险：黄梅雨细，泥深屐厚，绝壁崖空。疑路穷时，杜鹃烂漫，尽是层林丹顶容。乌岩岭，载千山万壑，驾雾云中。

沁园春·乌岩岭杜鹃

杜宇声凄，陌上清寒，五月落红。

望白云深处，茅檐人静，清晖明月，云伴孤松。

问道山泉，涧边幽草，任自随波各向东。

谁料到，正麦收蚕老，谢豹当红。

只应行到千峰。放眼处、山山岭岭重。

叹来时路险，黄梅雨细，泥深屐厚，绝壁崖空。

疑路穷时，杜鹃烂漫，尽是层林丹顶容。

乌岩岭，载千山万壑，驾雾云中。

清平乐

篱边小路，柳絮魂归处。小鸟枝
头啼不住，稚子纸鸢缠树。牛童背
上横骑，笛声堪比黄鹂。荷绿苇塘
孤影，为谁这等痴迷。

清平乐（其一）

篱边小路，柳絮魂归处。

小鸟枝头啼不住，稚子纸鸢缠树。

牛童背上横骑，笛声堪比黄鹂。

荷绿苇塘孤影，为谁这等痴迷。

清平乐

云中雁去，鹤唳秋山暮。水阔无舟
江怎渡，苇枯鸟飞惊惧。乡关路远难
行，更兼风雪无情。怜爱树梢黄叶，
化泥入土飘零。

清平乐（其二）

云中雁去，鹤唳秋山暮。

水阔无舟江怎渡，苇枯鸟飞惊惧。

乡关路远难行，更兼风雪无情。

怜爱树梢黄叶，化泥入土飘零。

清平乐·禾木之秋

千头万绪，又恐斜阳暮。

最恨秋光容易度，念牧场、难离去。

翡翠水冷风清，牧童归鸟禽惊。

烟袅袅人和乐，万年雪水穿城。

手写体：
清平乐·夏夜独酌
月明如故，莲影归何处。醉意临
窗杯莫住，独饮不知日暮。夜尽回
首谁知，浮生碌碌还痴。休怪三更
九夏，不妨问取黄鹂。

清平乐·夏夜独酌

月明如故，莲影归何处。

醉意临窗杯莫住，独饮不知日暮。

夜尽回首谁知，浮生碌碌还痴。

休怪三更九夏，不妨问取黄鹂！

青玉案·虎跑泉旁怀李叔同

禅房幽径秋光老，柏树寂寞青藤绕。深谷传来风啸啸。满山枯叶，几多泉冷，试问愁多少？古祠钟晚随风到，且莫忆、高僧梦难了。未憾孤身沧海浩，念长亭外，一壶浑酒，歌罢长天笑。

青玉案·虎跑泉旁怀李叔同

禅房幽径秋光老，

柏树寂寞青藤绕。

深谷传来风啸啸，

满山枯叶，几多泉冷，试问愁多少？

古祠钟晚随风到，

且莫忆、高僧梦难了。

未憾孤身沧海浩，

念长亭外，一壶浑酒，歌罢长天笑。

鹊桥仙·天路

高原雪域，雄关何处，展翅昆仑难度。

千年落寞最凄凉，谁敢问，搭条天路。

三江活水，群峰列队，哈达清香花鼓。

踏平千里雪茫茫，请看那、屋梁天路！

鹊桥仙·山居

闲归山野，躬耕田圃，择日亲朋还至。
篱边黄菊影斑斓，酒酣畅、人生滋味。

星移斗转，春秋几度？枯树藤条满缀。
长歌幽谷调凄凉，生寒树、岂将老矣。

満湖山色、六桥烟雨、疏柳扶风秋至。舟行欲尽是三潭，浪拍岸，飞禽掠起。棹声阵阵，帆船点点，汀岸鸳鸯相戏。这般应笑负心人，恁恐那，谁怜妾意。

鹊桥仙·西湖山水

满湖山色，六桥烟雨，疏柳扶风秋至。

舟行欲尽是三潭，浪拍岸、飞禽掠起。

棹声阵阵，帆船点点，汀岸鸳鸯相戏。

这般应笑负心人，恁恐那，谁怜妾意。

鹊桥仙·游鉴湖

鉴湖如镜，百年云骨，屹立亭池堪艳。

过小桥，野径少闲人，枕细浪、乌篷点点。

秋风瑟瑟，长堤翠柳，他日花前莫念。

问船家、碧瓦粉墙旁，莫不是，咸亨酒店。

菩萨蛮
斜晖残照东墙草，晚钟传送南山道。小路净元泥，我心相悦时。落霞天女绣，霜叶浓如酒。亭北苇花稀，寒鸦云外啼。

菩萨蛮（其一）

斜晖残照东墙草，晚钟传送南山道。

小路净无泥，我心相悦时。

落霞天女绣，霜叶浓如酒。

亭北苇花稀，寒鸦云外啼。

菩萨蛮

荷衣虽破能遮雨，旧时饮者相携去。画卷雾中来，苦莲禅院开。冷泉兰草谢，灵隐长明夜。人世苦愁多，菩提怎奈何？

菩萨蛮（其二）

荷衣虽破能遮雨，旧时饮者相携去。

画卷雾中来，苦莲禅院开。

冷泉兰草谢，灵隐长明夜。

人世苦愁多，菩提怎奈何？

菩萨蛮·乙未年初雪作

寒梅绽放低声语，梧桐叶落
悲几许，烟笼篆书凉，泪眼望影双。
暗香遮不住，仍恋家园路，又恐冷
风霜，这般敲纸窗。

菩萨蛮·乙未年初雪作

寒梅绽放低声语，梧桐叶落悲几许。

烟笼篆书凉，泪眼望影双。

暗香遮不住，仍恋家园路。

又恐冷风霜，这般敲纸窗。

人月圆·路遇

高墙深院春光锁，偏又露桃花。
清歌一曲，檀郎驻足，寻问谁家。相
思何用，跫音已去，窗外寒鸦。斜
阳瘦马，柔肠寸断，再走天涯。

人月圆·路遇

高墙深院春光锁，偏又露桃花。

清歌一曲，檀郎驻足，寻问谁家。

相思何用，跫音已去，窗外寒鸦。

斜阳瘦马，柔肠寸断，再走天涯。

人月圆·西湖泛月

初晴湖面寒光浸，柳影挡孤篷。
云梳雾洗，华灯初照，最恐花红。
故游似梦，冰轮依旧，酒酴花丛。
笙箫鼎沸，吾生唯有，明月清风。
色伴花香。

人月圆·西湖泛月

初晴湖面寒光浸，柳影挡孤篷。

云梳雾洗，华灯初照，最恐花红。

故游似梦，冰轮依旧，酒酴花丛。

笙箫鼎沸，吾生唯有，明月清风。

人月圆·夜西湖
西湖山水依然好，新雨过还晴。
断桥无语，莺娇燕婉，暮色蓬瀛。
疏烟淡月，平添寂寞，自作多情。梢
公舟子，长吟旧恨，屈指堪惊。

人月圆·夜西湖

西湖山水依然好，新雨过还晴。

断桥无语，莺娇燕婉，暮色蓬瀛。

疏烟淡月，平添寂寞，自作多情。

梢公舟子，长吟旧恨，屈指堪惊。

人月圆·植兰

兰生幽谷无人问，今日带回家。
叶含正气，凌寒更绿，含笑开花。
花中君子，不妖不媚，最喜烟霞。
芳芬暗吐，清香送远，羞了蒹葭。

人月圆·植兰

兰生幽谷无人问，今日带回家。

叶含正气，凌寒更绿，含笑开花。

花中君子，不妖不媚，最喜烟霞。

芳芬暗吐，清香送远，羞了蒹葭。

如梦令

红药桥头旧路，
新燕草堂高处。
泥暖白沙洲，
塔影扁舟小住。
惊鸶，惊鸶，
冲散桃花一树。

沙塞子·情殇

叶子飘零花盛,谁在泣,又逢秋。若是永生相错,怎堪愁。彼岸千年相望,情难了,欲何求。缘定三生无果,任西流。

沙塞子·情殇

叶子飘零花盛,

谁在泣,又逢秋。

若是永生相错,怎堪愁。

彼岸千年相望,

情难了,欲何求。

缘定三生无果,任西流。

山花子·北山梦寻

满目荷枯翠叶残，一腔愁绪碧波间。山下梧桐树应老，怎堪看。

万岭千山飞鸟远，红黄青绿尽生寒。一夏一秋随梦去，不悲欢。

山花子·北山梦寻

满目荷枯翠叶残，一腔愁绪碧波间。

山下梧桐树应老，怎堪看。

万岭千山飞鸟远，红黄青绿尽生寒。

一夏一秋随梦去，不悲欢。

诉衷情令·桂花雨

深居幽室易成伤。秋尽恐飞霜。
更兼一夜风雨,月桂落、总无常。羞
怕见,怎成妆。昼惟长。黯云常驻,
败草连天,酒入愁肠。

诉衷情令·桂花雨

深居幽室易成伤。

秋尽恐飞霜。

更兼一夜风雨,月桂落、总无常。

羞怕见,怎成妆。

昼惟长。

黯云常驻,败草连天,酒入愁肠。

诉衷情令·晚练有感

金秋十月少冰霜，桂树寂无妆。黄
花本有离恨，故未放，怨悠长。灯火
暗，作幽光，自成伤。路长时短，我
欲飞翔，何断肝肠！

诉衷情令·晚练有感

金秋十月少冰霜，桂树寂无妆。

黄花本有离恨，故未放、怨悠长。

灯火暗，作幽光，自成伤。

路长时短，我欲飞翔，何断肝肠！

生查子·登科

寒窗又三载，天亮将科考。锦绣
腹中存，唯我文章好。蟾宫折桂时，
从此人人晓，人道少年奇，衣锦谢
姑老。

生查子·登科

寒窗又三载，天亮将科考。

锦绣腹中存，唯我文章好。

蟾宫折桂时，从此人人晓。

人道少年奇，衣锦谢姑老。

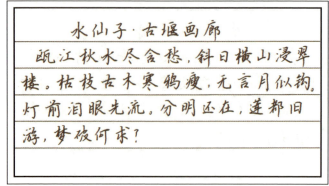

水仙子·古堰画廊

瓯江秋水尽含愁，

斜日横山浸翠楼。

枯枝古木寒鸦瘦，

无言月似钩。

灯前泪眼先流，

分明还在，

莲都旧游，

梦破何求？

踏莎行

倚月勾栏，相思渐老，一壶浊酒催人恼。
玉楼深锁伴青灯，真珠帘卷余香袅。

杜宇声声，花期杳杳，尘封菱镜无心照。
一弯新月最难描，天涯何处寻芳草。

踏莎行（其一）

倚月勾栏，相思渐老，一壶浊酒催人恼。
玉楼深锁伴青灯，真珠帘卷余香袅。

杜宇声声，花期杳杳，尘封菱镜无心照。
一弯新月最难描，天涯何处寻芳草。

踏莎行

暮鼓余音，藏香绕柱，梵声惊醒菩提树。佛前跪礼断珠绳，头旋鹰鹫人生苦。拂过经幡，莲开几度，指尖沾满桃花露。三生石上骨生寒，红尘辗转轮回路。

踏莎行（其二）

暮鼓余音，藏香绕柱，梵声惊醒菩提树。

佛前跪礼断珠绳，头旋鹰鹫人生苦。

拂过经幡，莲开几度，指尖沾满桃花露。

三生石上骨生寒，红尘辗转轮回路。

踏莎行·重阳登宝石山

冉冉秋光，满阶叶暮。重阳又
过登临处。葛洪道院少来人，殿
前袅袅香三炷。

疏柳依稀，几家庭户。晚烟
细雨迢迢路。云峰隔水雁声寒，
菊开菊落秋归去。

踏莎行·重阳登宝石山

冉冉秋光，满阶叶暮。重阳又过登临处。

葛洪道院少来人，殿前袅袅香三炷。

疏柳依稀，几家庭户。晚烟细雨迢迢路。

云峰隔水雁声寒，菊开菊落秋归去。

李光华诗词集

255

踏莎行·寒露
古木苍苔，蓣花渐老，野田凋晚
虫鸣草，蒹葭满荡苇花扬，寺深半
掩余烟袅。断雁声中，别情杳杳，
西厢寒露离情恼，倚栏无语信难
凭，茫茫天地唯翁媪。

踏莎行·寒露

古木苍苔，蓣花渐老，野田凋晚虫鸣草。
蒹葭满荡苇花扬，寺深半掩余烟袅。

断雁声中，别情杳杳，西厢寒露离情恼。
倚栏无语信难凭，茫茫天地唯翁媪。

踏莎行·湖上雨后初晴

骤雨初停，惊雷渐小，红英落尽春光老。
扁舟无力浪涛天，孤山半掩余烟袅。

燕子斜飞，萋萋芳草，一湖新雨湖天罩。
倚楼观雨欲销魂，怎知云散音全杳。

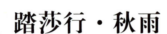

踏莎行·秋雨

秋雨无边，风吹玉树。谁怜金桂魂归处。

东篱把酒寂无人，惟余雁影南飞去。

空巷悠悠，秋寒日暮。孤灯难照迢迢路。

凄凄长夜已愁人，两行珠泪休停住。

踏莎行·钱塘观潮

长忆观潮，人车塞路。玉城雪
岭从天处。雷霆震撼沃山岗，龙
惊鸟惧桑田怒。鼍舞蛟回，素车
东去，滔天力尽钱塘暮。镠王利
箭见豪强，终还羽化留不住。

踏莎行·钱塘观潮

长忆观潮，人车塞路。玉城雪岭从天处。

雷霆震撼沃山岗，龙惊鸟惧桑田怒。

鼍舞蛟回，素车东去，滔天力尽钱塘暮。

镠王利箭见豪强，终还羽化留不住。

踏莎行·同学才聚又别

荒苑池塘，莲蓬渐老，一江碧水斜阳照。
白杨乱絮满池塘，远山半掩炊烟袅。

往事重重，离愁杳杳，天涯尽处连芳草。
别时容易见时难，花残又恐青枝小。

太常引·雨后桐庐

雨新半树柳轻扬，烟雾锁他乡。杏落满坡香。彩妆损，风吹薄裳。画舟点点，富春似练，酒困勿悲伤。渔者钓清江。念往昔，唯余渺茫。

太常引·雨后桐庐

雨新半树柳轻扬，烟雾锁他乡。

杏落满坡香。彩妆损，风吹薄裳。

画舟点点，富春似练，酒困勿悲伤。

渔者钓清江。念往昔，唯余渺茫。

唐多令·愁桂

顺水好行舟。天凉已是秋。桂满
枝、香过红楼。久客凡尘独自恼,怨
丹桂、惹人愁。月挂北墙头。淡云似
水流。忆往年,与子同游。风凉惊飞
鸥鹭鸟,梦何处、桂花洲。

唐多令·愁桂

顺水好行舟。天凉已是秋。

桂满枝、香过红楼。

久客凡尘独自恼,怨丹桂、惹人愁。

月挂北墙头。淡云似水流。

忆往年,与子同游。

风冷惊飞鸥鹭鸟,梦何处、桂花洲。

桃源忆故人·山居
大山深锁浓云重，野径通天壁耸。
不慕明堂金凤，只为桃源梦。鸡鸣云
外居山坞，清涧悠悠泉涌。人在武陵
月共，阡陌忙耕种。

桃源忆故人·山居

大山深锁浓云重，野径通天壁耸。
不慕明堂金凤，只为桃源梦。

鸡鸣云外居山坞，清涧悠悠泉涌。
人在武陵月共，阡陌忙耕种。

添声杨柳枝·客归

遥望寒山飞鸟归，

雾中来。

神仙伴我白云追，

莫徘徊。

小雨飘来星点点，

把人催。

孩童相告捷如飞，

客来归。

添声杨柳枝·水中花

淡雾清薰去艳华。水中花。楼台帏
幌不能遮。一枝斜，素色珠帘香暗
透。雨如纱。佳人幽咽对芬葩，恨无
涯。

添声杨柳枝·水中花

淡雾清薰去艳华。

水中花。

楼台帏幌不能遮。

一枝斜。

素色珠帘香暗透。

雨如纱。

佳人幽咽对芬葩，

恨无涯。

西江月

都道世人命蹇，薄情几片云浓。莫
须暗恨怨西风，离散无非春梦。难逢
今宵良好，夜深寒雪难消。念她春
到六条桥，红杏枝头娇小。

西江月

都道世人命蹇，

薄情几片云浓。

莫须暗恨怨西风，

离散无非春梦。

难遇今宵良好，

夜深寒雪难消。

念她春到六条桥，

红杏枝头娇小。

西江月·游西子湖

孤塔依稀染绿，

白堤碧柳妆成。

满池荷举步轻盈，

笑语漫飘小径。

云际一横飞鸟，

渔歌阵阵传情。

秋风吹过酒微醒，

又响南屏钟磬。

西江月·元旦

沙漏一年滴尽，
红梅又上花梢。
孩童游戏唱歌谣。
姐妹赶圩争俏。

只道笑闻满屋，
相邀细品香醪。
莫言料峭暮云朝，
新岁驾云来了！

相见欢

圆洲深院西楼，望江流。满目江
山红叶染深秋。理还乱，青丝散，
为谁收？明月多情还上木兰舟。

相见欢

圆洲深院西楼，望江流。

满目江山红叶染深秋。

理还乱，青丝散，为谁收？

明月多情还上木兰舟。

小重山·又重阳

九日登高秋雨凉。浓云兼重雾、最凄惶。

风凋疏柳薄衣裳。人独倚、思念更情伤。

归雁一痕长。叶红堆满院、断愁肠。

蛩声渐近漏声常。灯幽暗，夜夜照空床。

雪梅香·除夕

忆春日，屠苏成醉颊菲红。柳
梅芳容待，千家笑语融融。滴尽一
年一壶漏，怎知思念应相同。爆声
响，送旧迎新，共沐洪钟。临风，酒
樽举，万户千门，鼓震山东。喜庆嘉
时，剪灯守岁更重。看换桃符又新岁，
白疏须发老篁松。风霜尽，气象更新，
万里晴空。

雪梅香·除夕

忆春日，屠苏成醉颊菲红。

柳梅芳容待，千家笑语融融。

滴尽一年一壶漏，怎知思念应相同。

爆声响，送旧迎新，共沐洪钟。

临风，酒樽举，万户千门，鼓震山东。

喜庆嘉时，剪灯守岁更重。

看换桃符又新岁，白疏须发老篁松。

风霜尽，气象更新，万里晴空。

眼儿媚·秋韵

孤影黄昏日偏西，只道雁声低。

黄花满地，青山共瘦，葭苇萋萋。

谁知秋冷千般苦，寒夜又鸣鸡。

蘘荷乱酒，茫茫烟水，点点鸦栖。

一剪梅·辛夷花开

一觉惊回酒渐消，倚树怜芳，覆鹿寻蕉。

别来莫问总相思，帘外辛夷，无事风骚。

斜卷芭蕉月上梢，向晚空庭，玉钏轻敲。

一年最好是朱明，才送辛夷，菡萏含娇。

一剪梅·雪夜

一夜无边落叶飘。万卉千花，
颜色皆消。渊深池小已成冰，万
里银装，山外风萧。由任霜欺白
雪抛。绿蚁醅酒，炉火新烧。漫天
寥寂阅金经，敧枕灯前，何不逍遥。

一剪梅·雪夜

一夜无边落叶飘。万卉千花，颜色皆消。

渊深池小已成冰，万里银装，山外风萧。

由任霜欺白雪抛。绿蚁醅酒，炉火新烧。

漫天寥寂阅金经，敧枕灯前，何不逍遥。

一落索·长亭

驿道黄莺催早，晨烟缥缈。

一蓑细雨伴君归，长亭外，萋萋草。

只道世间春老，雨多晴少。

谁知烟柳满长堤？花无语，闻青鸟。

忆秦娥

潼关月，无情偏照秦宫阙。秦宫
阙，夜深更重，最难离别。相思怕过
团圆节，乡关古道音尘绝。音尘绝，
酒樽能语，只余幽咽。

忆秦娥（其一）

潼关月，无情偏照秦宫阙。

秦宫阙，夜深更重，最难离别。

相思怕过团圆节，乡关古道音尘绝。

音尘绝，酒樽能语，只余幽咽。

忆秦娥

风萧索，残荷枯尽冬风恶。冬风
恶。寒鸦孤雁，浅绕檐角。离人憔
损胭脂薄，今朝又负东篱约。东篱
约。乡关莫怨，路重情却。

忆秦娥（其二）

风萧索，残荷枯尽冬风恶。

冬风恶，寒鸦孤雁，浅绕檐角。

离人憔损胭脂薄，今朝又负东篱约。

东篱约，乡关莫怨，路重情却。

忆秦娥·游西江千家苗寨

水云幽，陌间石路依山楼，依山楼，芦笙吹响，忘却忧愁。千门万户灯如流，忽传木鼓声悠悠，声悠悠，原来寨子，今夜无休。

忆秦娥·游西江千家苗寨

水云幽，陌间石路依山楼。

依山楼，芦笙吹响，忘却忧愁。

千门万户灯如流，忽传木鼓声悠悠。

声悠悠，原来寨子，今夜无休。

永遇乐·秋思

冷陌寒塘，草凋菊瘦，清秋无限。

云水烟岚，残荷疏柳，恰万山红遍。

无边落木，枯枝影绰，次第岂能无怨。

马蹄疾，昏鸦又唱，断肠小桥难见。

天涯倦客，枫林独立，泪满离人双眼。

烟水伊人，冷霜白发，空守南飞雁。

月光轻揣，秋愁漫上，唯有桂香庭院。

夜茫茫，清虚淡远，莞然一叹。

永遇乐·西湖夏夜

柳浪莺啼，白堤草长，春去何处？

曲院荷新，梅山茶老，夏日知几许？

孤山香陨，三潭月落，次第怎堪风雨？

卷珠帘，花笺慢展，再约旧时相叙。

南屏暮鼓，雷峰残照。月下酒朋诗侣。

净寺灯明，六和潮啸，激起愁千缕。

红墙深处，斑驳小院，千古风流归去。

不如那，平湖月下，听人细语。

玉团儿·宝石山韵

铅华不见冬妆素。那风韵，天然
永驻。葛岭通幽，栖霞初见，霜染
红树。分明脉脉留君住。莫负我，山
多岔路。淡淡轻烟，几行疏柳，西
岭日暮。

玉团儿·宝石山韵

铅华不见冬妆素。

那风韵、天然永驻。

葛岭通幽，栖霞初见，霜染红树。

分明脉脉留君住。

莫负我、山多岔路。

淡淡轻烟，几行疏柳，西岭日暮。

雨中花·雨夜

雨夜江头秋水蓄。淡烟锁、恋歌几曲。卧千顷金波，相思成泪。望一潭新绿。梦醒三更欹冷玉。怎听了，吴音难续。待玉漏留空，重帘垂地，只见潇湘绿。

雨中花·雨夜

雨夜江头秋水蓄。淡烟锁、恋歌几曲。

卧千顷金波，相思成泪。

望一潭新绿。

梦醒三更欹冷玉。

怎听了，吴音难续。

待玉漏留空，重帘垂地，只见潇湘绿。

渔家傲·夏感

六月荷肥溪水瘦，风吹湖面波纹皱。

唱响渔歌堤岸柳，香满袖，长堤曲院杯中酒。

不见萧萧连瓮牖，半池碧玉闲清昼。

几处啼莺高树就，徘徊久，远山怪我云回首。

一剪梅 · 忆岳父

泪满前襟夕照中，双眼凄凉，不见春红。
一江秋水各西东，来也匆匆，去也匆匆。

何日归家尽孝忠，飘絮无情，难付飞鸿。
故人乘鹤上苍穹。无尽悲风，寒夜楼空。

朝中措·秋雨
凭轩听雨响如钟，人瘦菊花同。楚
客何时来会，别离几度秋风。竹篱小
院，成堆落木，霜染枫红。过尽千帆
不是，徒为今日妆容。

朝中措·秋雨

凭轩听雨响如钟，人瘦菊花同。
楚客何时来会，别离几度秋风。

竹篱小院，成堆落木，霜染枫红。
过尽千帆不是，徒为今日妆容。

鹧鸪天·登遂昌千佛山

小径通幽水绕山，群峦叠嶂现奇
观。隔岸敲玉声声脆，近庙闻香袅
袅烟。情切切，意阑珊，古藤牵我
过江滩。眼前正现菩提树，缘拜如
来开笑颜。

鹧鸪天·登遂昌千佛山

小径通幽水绕山，
群峦叠嶂现奇观。
隔崖敲玉声声脆，
近庙闻香袅袅烟。

情切切，意阑珊，
古藤牵我过江滩。
眼前正现菩提树，
缘拜如来开笑颜。

鹧鸪天·第三十三教师感怀

朝沐晨曦已日常，为浇春色满园香。历经几度秋冬苦，双鬓银丝心亮堂。三尺梦，最光芒，如天大爱写情长。清声蝉语添几载，执辔扶鞍志更强。

鹧鸪天·第三十三教师感怀

朝沐晨曦已日常，

为浇春色满园香。

历经几度秋冬苦，

双鬓银丝心亮堂。

三尺梦，最光芒，

如天大爱写情长。

清声蝉语添几载，

执辔扶鞍志更强。

鹧鸪天·独行夜
野径行人夜已阑,轻风吹面透
生寒.忽闻远处三更鼓,谁院灯明
客未还.山淡淡,水弯弯,枝头宿
鸟月牙残.征人瘦马归何处,渡尽
千帆过万山.

鹧鸪天·独行夜

野径行人夜已阑,
轻风吹面透生寒。
忽闻远处三更鼓,
谁院灯明客未还。

山淡淡，水弯弯,
枝头宿鸟月牙残。
征人瘦马归何处,
渡尽千帆过万山。

鹧鸪天·苦离别

执手依依古道旁，竹篱蓑草小池塘。怎堪偷拭青衫泪，无奈风寒双鬓凉。频细语，更千觞，艄公逐客向斜阳。年来总恨相思苦，狂柳偏偏过矮墙。

鹧鸪天·苦离别

执手依依古道旁，
竹篱蓑草小池塘。
怎堪偷拭青衫泪，
无奈风寒双鬓凉。

频细语、更千觞，
艄公逐客向斜阳。
年来总恨相思苦，
狂柳偏偏过矮墙。

鹧鸪天·腊月作

懒向都城觅物华，

且将此处付烟霞。

辛蒲翦翦鸣归雁，

寂寂山林宿晚鸦。

茶作酒、雾如纱，

香销篆字夕阳斜。

问声倩影何能藉，

明月相携天有涯。

鹧鸪天·离别

再唱阳关把酒干，
依依难舍步蹒跚。
万言千语勤叮嘱，
已是云埋一半山。

多少恨，万千般，
不应别苦总悲欢？
今朝日暮难行路，
明日还吟行路难。

鹧鸪天·清明

万顷方田秧叶青，桃花一片好春行。
远山古道层林淡，手把浮醅送两程。
杨柳绿，绿妆城，炷香盏酒表哀情。
满襟泪共阶前雨，客子归来清又明。

鹧鸪天·清明

万顷方田秧叶青，
桃花一片好春行。
远山古道层林淡，
手把浮醅送两程。

杨柳绿，绿妆城，
炷香盏酒表哀情。
满襟泪共阶前雨，
客子归来清又明。

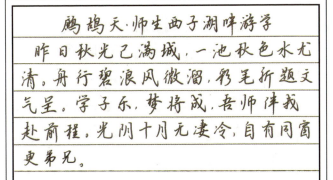

鹧鸪天·师生西子湖畔游学

昨日秋光已满城，

一池秋色水尤清。

舟行碧浪风微溜，

彩笔新题文气呈。

学子乐，梦将成，

吾师伴我赴前程。

光阴十月无凄冷，

自有同窗更弟兄。

鹧鸪天·惜别离
退却潮声愁满城，两堤余怨柳
青青。学堂唱响骊歌曲，与尔依
依送几程。楼寂寂，月空明，阶前芳
草最无情，笑侬泪比梅时雨，走走
停停泪又盈。

鹧鸪天·惜别离

退却潮声愁满城，

两堤余怨柳青青。

学堂唱响骊歌曲，

与尔依依送几程。

楼寂寂，月空明，

阶前芳草最无情。

笑侬泪比梅时雨，

走走停停泪又盈。

鹧鸪天·周末逢雨

谁道人生岁川长？鬓霜已染怎轻
狂。红尘路险偏逢老，又遇秋寒怎
愈伤。故土远，北风凉，无端苦雨叶
枯黄。残荷无墨书词句，留下枳思守
海塘。

鹧鸪天·周末逢雨

谁道人生岁月长？

鬓霜已染怎轻狂。

红尘路险偏逢老，

又遇秋寒怎愈伤。

故土远，北风凉，

无端苦雨叶枯黄。

残荷无墨书词句，

留下相思守海塘。

鹧鸪天·左溪新居感怀

小筑新居寂不哗，
溪旁曲径是吾家。
登楼可见千山雾，
出院唯怜遍地花。

晨读史，暮观霞，
一杯薄酒慰年华。
人生如梦东流去，
明月依然照绿纱。

昼夜乐·不遇

那年村口初相遇，欲语休、言无绪。

离人怎可匆匆，往事实难忘去。

待到阑珊春色暮，淡淡愁、乱风飞絮。

雨过好天晴，且思能来聚。

听风听雨光阴度，木藤枯、实难负。

早知日后难寻，恨不当初留住。

日日思哥哥不在，却不解、系谁心处。

也想不思量，万千终难诉。

醉春风

月暗青山近，篱笆花影印。

窗帘低卷盼归人，闷闷闷，

朝暖还寒，乍晴还雨，再难芳信。

院角红烟烬，笙歌传阵阵。

有情常被薄情抛，恨恨恨，

风月茅檐，雨疏云冷，夜长春困。

珠帘卷·忆冬

珠帘卷，月如牙。庭前柳影窗纱。银白
阑干清冷。窗中听落花。应是断桥初别，
犹惊渡口寒鸦。多少旧情新恨，湖岸草，
日西斜。

珠帘卷·忆冬

珠帘卷，月如牙。

庭前柳影窗纱。

银白阑干清冷，窗中听落花。

应是断桥初别，犹惊渡口寒鸦。

多少旧情新恨，湖岸草，日西斜。

昼夜乐·归故园

碧荷亭立风光好，暗香满，明月
皓，疏星渡过银河，庭院无声夜老。
晓风鸡叫清香杳，雾沉沉，又炊
烟袅。见曲曲溪流，似悲似欢笑。
旧情难了邀朋友，醉樽前，千杯
酒，载情不去难消，酣醉群山欲
倒。对面谁问归来早，声声语，更
凄凄貌，问世间男儿？这离情最
恼。

昼夜乐 · 归故园

碧荷亭立风光好。

暗香满，明月皓。

疏星渡过银河，庭院无声夜老。

晓风鸡叫清香杳。

雾沉沉，又炊烟袅。

见曲曲溪流，似悲似欢笑。

旧情难了邀朋友。

醉樽前，千杯酒。

载情不去难消，酣醉群山欲倒。

对面谁问归来早。声声语，更凄凄貌。

问世间男儿？这离情最恼。

日敬毋怠

策　　划　章克强
责任编辑　袁升宁
责任校对　高余朵
责任印制　汪立峰

美术设计　吴文博
装帧设计　蔡剑勇　王波
封面题词　何涤非

图书在版编目（CIP）数据

李光华诗词集 / 李光华著. —— 杭州：浙江摄影出
版社，2022.9
　ISBN 978-7-5514-4014-1

　Ⅰ.①李… Ⅱ.①李… Ⅲ.①诗词—作品集—中国—
当代 Ⅳ.①I227

　中国版本图书馆CIP数据核字(2022)第113965号

LI GUANGHUA SHICI JI

李光华诗词集

李光华　著
全国百佳图书出版单位
浙江摄影出版社出版发行
　地址：杭州市体育场路347号
　邮编：310006
　电话：0571-85151082
　网址：www.photo.zjcb.com
制版：杭州凡创广告有限公司
印刷：浙江星辰印务有限公司
开本：710mm×1000mm　1/16
印张：20
2022年9月第1版　　2022年9月第1次印刷
ISBN 978-7-5514-4014-1
定价：98.00元